AF329196

LE
SIÉGE DE LYON,

POÈME HISTORICO-DIDACTIQUE,

En cinq Chants;

PRÉCÉDÉ D'UN PROLOGUE AUX MUSES, ET D'UNE PRÉFACE
POÉTIQUE ;

ET SUIVI D'UN GRAND NOMBRE DE FAITS INÉDITS, DE LA LETTRE DU GÉNÉRAL PRÉCY
SUR LA MÉMORABLE SORTIE DES LYONNAIS, DE CHANSONS DE L'ÉPOQUE, D'UNE
NOTICE BIOGRAPHIQUE ET HISTORIQUE DES PERSONNAGES DES DEUX PARTIS, etc.

Orné du portrait du Comte De PRÉCY.

PAR **L. M. PERENON**, DE LYON.

A LYON,

CHEZ
- GUYOT, Libraire, grande rue Mercière, n° 39,
- TARGE, Libraire, rue Lafont.
- LIONS, Libraire, place Louis-le-Grand.

1825.

LA PRÉFACE POÉTIQUE.

Disons que notre auteur méconnut le sublime;
Ou les effets divins des sublimes efforts;
Et qu'il fut dans ses chants trop fécond, magnanime,
Quand pour lui d'Apollon il obtint les accords.
Mais où sont tes héros, poète didactique?
— Ses héros? lourdes gens!... Un siége original
Manqua-t-il d'héroïsme en notre belle Attique?
Quel Lyonnais n'en eût dans un sujet royal?....
N'est-il pas, dis-je, obscur et sa muse trop fière?
— Eh quoi! s'il faut placer des ombres au tableau,
Pourquoi blâmerait-on poétique pinceau,
Dès que tout ne doit pas être partout lumière?
N'a-t-il point pour défaut cette localité?...
— Dieu! c'est là le défaut d'Homère, en vérité.
Son siége sera-t-il un siége mémorable,
S'il est trop exigu, vague comme la fable?
Mais il est négligé : c'est peut-être un *ultrà!*
Bah! quel poète est-il? Historien fidèle,
Peut-on être bien fait *et intùs et extrà?...*
Ainsi cria Zoïle, ainsi prêcha son zèle.
Contrà, l'impartial, dira de notre auteur :
Il a fait son devoir; il saura se défendre.
Mais, avant d'en juger, sachez du moins l'entendre,
Le distinguer d'un autre. Avis à tout lecteur.

LE PROLOGUE AUX MUSES.

Aujourd'hui quels accords s'en vont frapper la nue !
Muses, vous jugerez, et c'est à votre vue
Qu'en un concours les uns ont pris tous leurs essors,
Pour peindre en traits divins d'héroïques efforts.
L'anglomanie a su vanter ses dithyrambes,
Et, pour plaire à son tour, n'offre que vers ingambes.
Grand Dieu ! c'est dans tes murs, ô superbe Lyon !
Qu'on voulut travestir Pégase en Apollon !
Lyon, pour tes héros la trompette héroïque
Ne peut-elle accorder la muse poétique ?
Vous, mânes de nos preux, pensez-vous qu'en cent vers
On chante dignement vos mille exploits divers ?
Est-ce en faits à demi que vous fîtes, en France,
Admirer vos vertus, l'immortelle vaillance,
Pour qu'en vers peu nombreux, plus ou moins inégaux,
On fronde la hauteur du sujet des héros ?
Oh ! fût-il Lyonnais qui donnât la couronne
Au chanteur éloigné des hauts faits de Bellonne,
En dépit du bon sens, du sublime et des lois ?
Serait-ce nous offrir un vrai sénat de rois ?
Rome aussi déclinant alla chercher en Grèce
Tant de vils histrions à sa folle largesse ;
Oubliant Archias et mille autres savans.
Etait-ce honorer là de sublimes talens ?...
Plus d'un poète a vu son nom dans la poussière :
Il n'est plus. Vingt cités ont produit leur Homère.
Pour moi, sans m'égaler à ces divins esprits,
J'espère à nos neveux conserver mes écrits.
Trop heureux si je puis, après de longs voyages,
Voir l'Eden, le Léthé, jouir sur ses rivages.

LE
SIÉGE DE LYON.

CHANT PREMIER.

Quel est ce site heureux, sortant du sein des eaux,
Qui paraît dominer en tortueux coteaux ?
Que vois-je dans ces lieux, sur ces bords où la Saône
Vient réunir son cours au vaste sein du Rhône ?
Des murs, un arsenal, consumés à demi (1),
Portant encor les coups d'un barbare ennemi.
Aux citoyens soldats la rive désolée
Voit la patrie en pleurs construire un mausolée.
  Vous, gloire de ces murs, témoins de tant de pleurs
Mânes des Lyonnais, sensible à vos malheurs,
J'invoque vos accens : dictez en vers épiques
Votre fidélité, vos vertus héroïques !
Inspirez mon pinceau des célestes séjours :
Je suis l'un de ces fils qui vous aima toujours.
  Oui, sur ces bords fameux, Lyon, dans l'abondance
Au commerce, aux beaux arts devait son opulence....
Quand tout-à-coup des cris, la révolution,
A menacé l'autel, le Roi, la nation.
Lyon, cité des arts, verrais-tu sans reproche
L'incendiaire affreux jouir à ton approche (2) ?
Là, brûlant les châteaux, les plus beaux monumens
Que le temps respectait ! Ah ! quels cruels momens !
Déjà Lyon sévit, et, montrant son courage,
Porte loin sur ses pas la paix, son digne ouvrage.
Telle, aux champs des Latins, du camp de Porsenna,
Sortit, trompant l'argus qu'un vainqueur lui donna,
Saisissant un coursier, Clélie a revu Rome,
Malgré les eaux du Tibre et les preux d'un tel homme

Le fait, quoique puissant, formidable étranger,
Admirer son courage, et, bravant tout danger,
Obtient la liberté de craintives compagnes.
Tel l'honneur lyonnais se montre à nos campagnes.
    Mais, Dieu ! la paix s'enfuit du beau sol des Français
De la convention les criminels essais
Bientôt font des proscrits : on demande des têtes !
Quand Lyon sort des fers de généreux athlètes.
Lyon respire un peu : tels sont des matelots
Qui, poussés par les vents et battus par les flots,
Ont entrevu non loin la terre hospitalière
Qu'empêche d'aborder la trombe meurtrière.
Tel reparut Lyon, quand sa sécurité
Tout-à-coup dans le sang vit tout précipité !
Est-ce là tes bienfaits, sous toi, licence affreuse !
Vois Lyon sous ses Rois, libre, elle était heureuse (3).
Lyon nommait ses chefs, échevins et consorts,
Et le soldat bourgeois gardait seul ses trésors.
    A peine est détrôné ce Roi paisible et sage,
Qui voulait qu'on fût libre, on forge l'esclavage.
Le crime est triomphant aux cris de liberté ;
Le meurtre invoque aussi celui d'égalité.
Par cent proscriptions la France est dégradée ;
Le sang coule à longs flots.... L'innocence inondée
Porte en vain vers les lois des accens de douleur.
Mais comment réclamer ce qu'on doit au malheur...,
Au courage, aux vertus que la pitié prépare,
Qu'attendrit le vainqueur dont sentiment s'empare ?
Le tigre est-il sensible aux aspects palpitans
Des corps tout déchirés et de sang dégouttans ?
Il jouit : c'est assez. Tels nos tyrans barbares
Inventent à plaisir mille forfaits bizarres....
Ces cruels oppresseurs, nos juges, nos bourreaux,
Remplissent à l'envi les fatals tombereaux !
L'assassin jouit seul, hissant à mille piques
La tête de tout sage, aux cris de républiques.
    Tout recule d'horreur : quelle ville aux tyrans
Ose enfin arracher cent glaives déchirans ?

Nos dangers sont communs, ame d'erreur séduite,
Du plus pur sang fidèle allez grossir la suite.
Le salut de la France est peut-être en vos mains ;
Unissons nos efforts, délivrons les humains.
Déjà tout l'univers est avide d'apprendre
Que dix mille soldats ont su seuls se défendre
De cent mille assassins qui répandent l'effroi
Chez trois peuples honteux d'abandonner un Roi.

    Lyon s'ébranle alors ; la patrie en alarmes
Appelle aux lyonnais : on court partout aux armes,
Lorsqu'enfin le voilà, du vingt-neuf mai ce jour,
Vrai prodige inouï, mémorable à son tour.
Ici, dois-je parler de la triste journée
Qui devait dans ces murs changer la destinée ?...
Quel héroïque effort paraît le lendemain !
Pour venger l'innocent, lors le sabre à la main,
Le Lyonnais partout bravant vingt feux de file,
Porta vainqueur l'effroi jusqu'à l'Hôtel-de-Ville.
Nos bataillons guidés trompent tout canonnier.
Buisson (4), la bride aux dents, suivi de *Madinier*,
Le pistolet en main, et l'épée acharnée,
Sait franchir à cheval la cohorte effrénée.
    Là, le républicain pliant sous notre effort,
Du canon de *Gingenne* a vu vomir la mort (5).
Combats, traître odieux, ligue municipale.
Arsenal, tout est pris à la horde infernale.
Là, du département tout magistrat zélé
A, malgré la terreur, cent monstres muselé.
Tout cède à vos succès, enfans du *port du Temple* (6),
Joints à ceux de *Serin*, vous prouvez par l'exemple,
Ce qu'on devait penser des guerriers que la foi
Fit voler au combat et mourir pour leur Roi (7).
    Déjà les *Montagnards* font place à l'allégresse :
Le Lyonnais vainqueur a banni la tristesse.
De Précy dans Lyon est nommé *général* (8).
On répare les murs, on munit l'arsenal :
Tout retentit bientôt du cliquetis de guerre,
Ici, nos preux guerriers étonneront la terre

DESCRIPTION DU PREMIER MONUMENT,

EXTRAITE DU SENSIBLE ET TOUCHANT OUVRAGE DE M. DELANDINE, SUR LES PRISONS DE LYON.

« Sur une large base s'élevant en amphithéâtre, reposait un immense cercueil, dont la blancheur contrastait avec les draperies lugubres placées à l'entour. Ces draperies étaient suspendues par des festons de lauriers, de chênes et de roses. Ils eurent droit à des lauriers ; puisqu'ils surent être citoyens ; à des festons de roses, puisque cette fleur odorante et chère fut chez tous les peuples l'emblême des vertus, le symbole de cette vie passagère, qui ne brille un instant que pour disparaître pour toujours.

» Des quatre coins du monument, un larve, génie fixé par les Egyptiens, et ensuite par les Grecs, à la garde des tombeaux, soulevant avec la tête les assises de pierre de la voûte supérieure, semblait considérer avec un douloureux étonnement quels étaient ceux qui osaient troubler le silence de cette tombe, réveiller les mânes lyonnais, et faire pénétrer une faible clarté dans les ténèbres éternelles. Au-dessus de ces génies funèbres, des hiboux, oiseaux de la nuit, sortant effrayés du sépulcre, formaient quatre groupes qui soutenaient les thurifères, vases où brûlaient les parfums et l'encens.

» De la coupole du tombeau s'élevait une pyramide portant l'urne fatale, objet de tous les regrets.

» Au piédestal, deux femmes voilées étaient sculptées tenant des lacrymatoires, et paraissant abîmées dans le désespoir. Sur les quatre faces se lisaient les inscriptions suivantes :

CELLE AU COUCHANT.

Venez souvent sur ce rivage,
A vos amis répéter vos adieux ;
Ils vous ont légué leur courage :
Sachez vivre et mourir comme eux.

AU MIDI.

Pour eux la mort devint une victoire ;
Ils étaient las de voir tant de forfaits.
Dans le trépas ils ont trouvé la gloire ;
Sous ce gazon ils ont trouvé la paix.

AU LEVANT.

Passant, respecte notre cendre ;
Couvre-la d'une simple fleur ;
A nos neveux nous te chargeons d'apprendre
Que notre mort acheta leur bonheur.

AU NORD.

Champ ravagé par une horrible guerre,
Tu porteras un jour d'immortels monumens.
Hélas ! que de valeur, de vertus , de talens,
Sont cachés sous un peu de terre..

Oui, la noble prédiction de l'auteur s'est réalisée , malgré la réaction de 1795 et ses suites sous la terreur de Reverchon : on n'osa que de nuit seulement faire brûler alors ce monument de douleurs, élevé aux mânes des Lyonnais, en attendant le monument qui en devait couvrir l'enceinte première ; ce qui a eu lieu sous la restauration. Alors les sentimens comprimés par la politique impériale, ont pris un noble et libre essor ; et Charles X est venu lui-même poser la première pierre de ce monument à jamais mémorable, qui sert à la fois d'église, et sa face antérieure de pyramide sépulcrale ; et là, sur le sol même des martyrs du trône et de l'autel, ce prince chéri prononça un discours analogue.

(2) Dès avant le siége de Lyon, M. Imbert-Colomès, qui était premier échevin, venait de succéder à M. Tolosan, en ses fonctions de commandant. On veut , sous sa régie, brûler les barrières ; il fait venir des régimens suisses qui s'y opposent , et le vin des opiniâtres coule sous les baïonnettes. Vers le même temps, les brûleurs de châteaux répandent la terreur sur leur passage. Les propriétaires quittent en foule les campagnes pour se réfugier dans nos murs.

Lyon , à cette nouvelle, forme sur-le-champ des bataillons de volontaires, et l'on voit partout l'ordre se rétablir. On sauve de la rage des incendiaires le château de Pontchéri, de Mézieux, le couvent de la Balme, etc.

Mais on n'eut pas partout la même satisfaction. Le faible détachement que commandèrent MM. Bœuf de Curis et Mayeuvre, ne put sauver le malheureux Guillin, seigneur de Poleymieux ; ils arrivèrent au moment même où l'on dépéçait son corps ensanglanté aux pieds de sa femme ; ils trouvèrent son château incendié par les paysans furieux, envers qui, peu auparavant, il avait montré trop de sévérité en sa qualité de seigneur ; et son frère, moins sévère que lui, ne périt pas moins près de Paris par les soins du cruel Laussel.

Toujours la proclamation de M. Imbert-Colomès, et son appel aux braves Lyonnais, represseurs du brigandage, eut alors son effet. Plusieurs de ces sicaires sont tués ou faits prisonniers ; le reste est mis en fuite ; et nos jeunes Lyonnais, parmi lesquels on compta plusieurs négocians recommandables, etc., rentrèrent paisiblement dans nos murs aux acclamations et félicitations d'un peuple immense. Leur récompense était la douce satisfaction d'avoir sauvé des personnes de l'égorgement, et leurs propriétés du pillage et de l'incendie.

M. Imbert-Colomès émigra après le siége ; il est mort en Russie, en 1813, dans un âge avancé.

(3) On sait que Lyon jouissait sous nos Rois de grands priviléges, avant la révolution.

Elle avait le droit antique de bourgeoisie ; aussi les dames de condition venaient-elles faire leurs couches à Lyon pour conserver ce droit à leurs enfans, etc.

Ses échevins, nommés par les corporations du commerce, des arts et métiers, s'ennoblissaient dans cette fonction.

D'après ses us et coutumes, on pouvait forcer à comparaître devant ses tribunaux les individus de toute autre province. Plusieurs de ses institutions ont concouru même à servir de base et de modèle à la formation de nos codes.

Enfin, Lyon se gardait elle-même, et l'on ne logeait les troupes de passage que dans les faubourgs, etc.

(4) M. Buisson (Etienne-Gustave), architecte de Lyon, âgé de 25 ans, est celui qui monta à cheval à l'Hôtel-de-Ville de Lyon, armé de pied en cap, avec M. Madinier, commandant des sections, et ils franchirent, à cinq heures du matin, par un immortel trait de courage, les quatorze marches d'escalier de cet hôtel, et les baïonnettes des républicains qui le défendaient.

On fit tous les municipaux prisonniers. Ils s'étaient endormis, gorgés de boisson et de bonne chère. Le jeune Buisson fut du nombre des victimes fusillées après le siége. Quant à M. Madinier, ce négociant courageux échappa aux recherches des républicains ; il a obtenu depuis de Louis XVIII la décoration de l'honneur.

(5) M. Gingenne, ancien maître d'armes, et grenadier du régiment de la Couronne, a servi sous Louis XV et Louis XVI. Il eut deux chevaux tués sous lui lors de l'attaque de la colonne du Rhône qu'il commandait. Enfin, après beaucoup de résistance, il alla se réunir à celle de Saône, aux ordres de Madinier. Il eut, pendant quelque temps, le commandement de la caserne des Carmélites ; il amena de St-Etienne un détachement de braves amis des Lyonnais ; et depuis, passa à la redoute de son nom à la Croix-Rousse, où il eut une jambe emportée par un boulet ; il échappa, malgré ses blessures, à la poursuite des républicains. Il est décoré et pensionné du Roi.

(6) Les membres de la section du Port-du-Temple brisèrent les tables régicides, s'emparèrent aussi de l'arsenal, etc. Ils se distinguèrent pendant le siége par une rare intrépidité.

(7) Elle était composée de gens de rivières et de négocians, et presque tous royalistes.

(8) Une députation, composée de divers membres du département et de la ville, fut envoyée aussitôt après le 29 au château de Marcilly, auprès du général L. Fr. Perrin, comte de Précy, pour lui offrir le commandement de l'armée lyonnaise, et son courage éprouvé l'accepta. A ce poste si périlleux et critique, ce général déploya bientôt toute la bravoure et l'intrépidité d'un soldat ; tout le sang-froid d'un général habile. Il sut

gagner et conserver la confiance et l'estime de ses frères d'armes. S'il n'a pas réussi, ce n'a été, certes, que par les trahisons insignes du nommé Reux, et quelques autres traîtres qu'il attacha à son état-major, ou à la partie importante de l'approvisionnement de la ville, etc. Il avait d'ailleurs à combattre les ennemis perfides de l'intérieur, et en même temps les cohortes infernales de l'extérieur. (Voyez sa lettre ci-après). S'il échappe à ses nombreux ennemis, ce n'est, avouons-le, que par le dévouement extrême des siens. Enfin, ce vétéran de la fidélité et du courage, réfugié à l'étranger, est rentré lors de la restauration, et il a suivi le Roi à Gand, dans les cent jours, n'ayant pu ranger au devoir la garnison insurgée, alors dans nos murs. Depuis, il s'est retiré dans son château de Marcilly sur Loire où il est décédé le 25 août 1820. Mais son corps, par ordonnance du Roi, a été transporté au monument des Brotteaux, auprès des infortunés compagnons de sa gloire, avec la plus grande pompe funèbre, au concours des magistrats, de la garnison et d'une foule immense de citoyens de tout état, le 29 septembre 1821.

(9) La Ferrandière est un hameau situé en face de Lyon, à quelques kilomètres à l'est-nord, célèbre par les batteries qui y furent placées contre les Lyonnais, et souvent tournées ou annihilées par leur bravoure.

(10) Lasalle est le commandant de ce nom qui défendit vaillamment la redoute importante du pont Morand. Il naquit à Aix-les-Bains d'une famille respectable. Naturalisé Français, il s'était fixé à Paris, quand tout-à-coup la révolution arriva ; il vint à Lyon ; et là, plus d'un trait de bravoure le fit distinguer, et il ne démentit pas la confiance et le choix des Lyonnais en sa qualité de commandant, de général ; il eut le bonheur de revoir Paris ; et sous le consulat de Bonaparte, il obtint la charge de directeur-général des impôts indirects. Il est décédé à Paris, en retraite, dans le courant de 1810 a 1811.

(1) Schmidt ou Smidt est cet artiste célèbre qui a fondu presque toutes les pièces du siége. Le général Kellerman ayant, peu auparavant, enlevé sans peine de l'arsenal les meilleures, et des provisions de toute espèce. Il fallut recourir à l'artiste expéditif ; et celui-ci se montra tout à la fois fondeur et artilleur habile. Après l'horrible incendie de l'Hôtel-Dieu, il plaça une batterie sur ses débris ; et, aidé de deux de ses camarades (Jean Lenel et Révérony), il abattit, au bout de trois décharges, le clocher fort élevé de l'église des pères de la Guillotière. On sait que ce clocher servait à éclairer leurs observations, et de point de mire aux républicains pour diriger utilement leurs batteries contre nos murs. Dans l'église se tenait aussi un club extraordinaire d'anarchistes ; beaucoup d'entr'eux périrent sous les décombres des voûtes qui croulèrent. Le clocher a été rebâti de nos jours ; mais il est construit actuellement sur le chevet de l'église.

M. de Chenelette, commissionnaire-chargeur, est le même ingénieur qui concourut avec M. de Goiffieux, architecte de Roanne en Forez, à la confection de ces fameuses redoutes qui entouraient Lyon, et qui exciterent la surprise et l'admiration même des ennemis, et qu'ils ne purent prendre qu'après l'évacuation et l'enclouement des batteries. Il eut le bonheur rare d'échapper aux Crancéens ; il est mort paisiblement en 1823, à Lyon, sa patrie.

(12) Les républicains voyant qu'ils échouaient dans leurs attaques, tentèrent la voie des brûlots pour couper les communications des Lyonnais aux Brotteaux. Déjà plusieurs avaient été lancés de la Pape de jour et de nuit ; mais la surveillance de nos braves les coulait bas avant qu'ils fussent arrivés au pont.

Gâcon de Neuville, canonnier de la marine royale, fit pointer sur eux avec succès.

M. Giraud, imprimeur en taille-douce, décédé naguère, avait sous ses ordres trois de ses fils qui se distinguèrent en plongeant dans le Rhône en plusieurs fois différentes, pour attacher des cordages et des chaînes à fleur d'eau de l'une à l'autre rive. Ainsi l'on arrêta ces bateaux incendiaires.

(13) Gauthier-des-Orcières, né à Bourg en Bresse, d'une famille estimée, fut avocat au présidial de cette ville ; et depuis, député aux états-généraux, où il fut bientôt rangé parmi ceux de ses collègues qui opinaient du bonnet au signal des chefs du parti qu'ils avaient embrassé. Il vota la mort du Roi, et fut réputé digne d'être envoyé à Lyon avec Nioche et Dubois Crancé, lors de la généreuse insurrection de cette ville. Ce fut lui qui fit, dit-on, le premier rapport sur les événemens du siége, où les malheurs des Lyonnais étaient présentés de manière à intéresser en leur faveur ; ce qui put contribuer au rappel des triumvirs qui eut lieu quelques mois après.

Gauthier néanmoins a été banni comme régicide.

Dubois de Crancé (Edmond-Louis-Alexis), né à Charleville en 1747, ne dut sa triste célébrité qu'aux lamentables époques de notre révolution. Il fut collègue de Gauthier, et commanda l'armée de la république contre Lyon. Ce fut lui qui le premier proposa aux Lyonnais de livrer leurs chefs et leurs magistrats pour obtenir, à ce prix perfide, une amnistie, un pardon. Un refus positif, accompagné de vingt mille signatures, fut la seule réponse qu'il reçut des Lyonnais justement indignés.

Mais la convention, impatiente de tout anéantir, se plaint-elle à lui de ce que le siége ne se terminait pas assez vite au gré de sa fureur, il se disculpe en républicain par des faits dignes de lui.

« Le feu des bombes, leur écrit-il, a commencé hier à 7 heures du soir (24 août 1793), après trente heures inutilement livrées à la réflexion. Les boulets rouges ont incendié le quartier de la porte St-Clair. Les bombes ont commencé leur effet à dix heures du soir. A minuit, il s'est manifesté de la manière la plus terrible vers le quai de Saône ; d'immenses magasins ont été la proie des flammes ; et quoique le bombardement général eût cessé à sept heures, l'incendie n'a rien perdu de son activité. On assure que Belle-Cour, le Port-du-Temple, la rue Mercière, la rue Tupin et autres sont incendiés. On peut évaluer la perte à 200 millions. Il en coûtera à la république une de ses plus importantes cités, et d'immenses accaparemens de marchandises. »

Lyon venait d'être ruiné par ce féroce ennemi ; et, qui le croirait, il fut depuis rappelé comme un des modérés. On ne doit pas oublier non plus qu'il avait voté la mort du Roi ; il a fait, pour se justifier de sa prétendue modération, un ouvrage in-8, où il fait la longue apologie de ses crimes ; et c'est lui qui, dans un moment où il était question d'épurer la convention, proposa de faire prouver alors à chaque jacobin : QU'AS-TU FAIT POUR ÊTRE PENDU, si la contre-révolution arrivait. Il est mort à Rhétel, peu de tems après le retour des Bourbons sur le trône de leurs pères, le 29 juin 1814.

(14) Mme Francé est, dit-on, cette femme qui tira le premier coup de canon de la Pape sur Lyon. Elle est née aux environs de cette ville.

———

DEUXIÈME CHANT.

Aʜ! déjà dans ces murs où la vertu sommeille,
Cent boulets ont détruit ce que l'effort surveille!
Mais de son général n'écoutant que la voix,
Là, plus d'un ouvrier se range sous ses lois.
Commis, négocians quittant manufactures (1),
Leurs femmes, leurs enfans, sont sourds à leurs mur-
  mures:
Discipline et valeur, voilà leur rallîment.
Mourir pour son pays, servant fidèlement,
Pour son Dieu, pour son Roi, quelle ame fut flétrie?
Dois-tu pleurer sur eux, Lyon, ô ma patrie!
  Du bronze destructeur plus d'un brave est atteint;
La sœur des hôpitaux court, le panse et le plaint (2).
L'amante a vu la guerre, et sa voix plus plaintive
Demande son amant à la paix fugitive (3).
Bientôt, dans son ardeur, rejoint l'infortuné,
Combat près de son corps, fût-il abandonné.
Le preux soldat s'étonne, enflammé de délire,
Dispute ses périls, quand Mars jaloux l'admire...
On voit avec orgueil des magistrats guerriers;
Ici, la toge a su moissonner des lauriers.
Lyonnais, étrangers, dans nos murs tout est frère:
L'enfant joyeux combat sous les yeux de son père.
Plus souvent nos guerriers magnanimes, vrais preux,
Ont traité les vaincus en Français malheureux (4);
Près d'eux fût-il jamais tant de traits de clémence,
Quand ces lâches vainqueurs contre eux criaient ven-
  geance.
C'est ainsi qu'opposant nos bienfaits aux tyrans,
On soignait leurs blessés comme ceux de nos rangs (5).
  Eh! qui frappe ces murs? est-ce du ciel la foudre?
L'hospice est canonné! qui veut le mettre en poudre?
Ennemis forcenés, arrêtez un instant!
Gardez-vous de tirer sur ce dôme assistant,
Où l'étendard du deuil doit avertir la bombe.
Passe loin des mourans, assez vont à la tombe.

Cruels républicains, ici l'humanité,
Le malade souffrant cria fraternité !
Là diriger vos coups ! quelle éternelle honte !
Quoi ! les blessés sont-ils l'ennemi qu'on affronte ?..
L'asile du malheur, oui, pour tous est ouvert.
Vous, barbares ! vos feux l'ont partout découvert.
Ennemis de tout droit, jouissez avec rage :
Voyez l'hospice en feu ; contemplez votre ouvrage !
Le malade ou blessé s'arrachant ses bandeaux,
Gémit de voir frapper le soutien de ses maux ;
La sœur au front divin qui panse sa blessure,
En vouant tous ses soins à l'humaine nature ;
Le frère hospitalier, de savans médecins (6)
Qui sauvent le malade en exposant leurs seins.
Le malade est frappé quand sa main languissante
Porte un médicament à sa bouche impuissante ;
Poussant en vain des cris, se roule et se débat,
Quand l'atteint dans son lit le boulet du combat.
   Quel cris de désespoir ! partout on le répète :
Juste ciel ! venge-nous ! Qu'on s'efforce et s'apprête :
Canonniers, accourez sur l'hospice en débris ;
Placez-y vos canons ; que l'ennemi surpris
Sache de vos boulets qu'il n'est clocher ni faîte
Qui ne puisse opposer un bras à la tempête !
Aussitôt cent boulets, dans le club assemblé,
Sur voûte des *Pics-Pus* ont le clocher croulé (7).
Là, du moins vint périr en vengeant tant de frères,
Quantité d'assassins, des hordes sanguinaires.
   Vous offrez, canonniers, vos efforts valeureux,
Vos rangs nous ont fourni mille traits généreux.
Ici, volez encor ; de deux ponts les redoutes
Seront en vain à vous ; découvrez d'autres routes.
Eh ! ne voyez-vous pas *chantiers* et *bastions* (8),
Qui recèlent mortiers, caissons, cent espions ?
Où seront les vengeurs pour déloger le traître ?
Dujast et *Laurenson*, hâtez-vous de paraître (9) ;
Offrez un dévoûment à vos concitoyens :
Fendez la nuit les flots ; ils seront vos soutiens.

Deux guerriers vont s'offrir; tout est dans le silence :
Minuit, un ciel obscur, heureuse circonstance !
Ces deux amis soudain s'élancent dans les flots ;
Le Rhône est fier alors de porter ces héros.
Ils sont presque arrivés aux rives opposées ,
Le front ceint d'un bandeau tout rempli de fusées.
Nos deux nageurs vingt fois s'opposant au torrent,
Sont parvenus au bord où finit le courant.
Point d'alarme, ô projet, réussis dans tes trames !
Déjà l'éclair bruyant a signalé les flammes.
Heureux ! ils ont pu fuir, et gagnant l'autre bord,
La clarté d'un tel feu les guide droit au port.

Que d'ennemis détruits par ces fils de la gloire !
Quel trait fut-il jamais plus digne de mémoire !
Lyon avec orgueil à la postérité
Répétera cent fois, s'ils ont bien mérité.
La crainte du trépas n'ôta rien au courage,
Et chez eux tant d'efforts éclaira leur voyage.
Chers amis, remplacez et *Castor* et *Pollux* :
Comme eux on vous aima ; mais vous avez fait plus.
Lyonnais des succès, ah ! craignez les amorces ;
Vos gens n'ont point prévu qu'on peut ravir vos forces :
Voyez l'air embrasé d'une pâle clarté ;
Jamais chocs plus affreux n'ont nos murs écarté.
Cloche à coups redoublés porte à tous l'incendie
Qui détruit cent maisons. Au feu ! qu'on remédie (10
L'arsenal est en feu ! tout n'est qu'explosion !
Des traîtres négligés ont pris l'occasion....
Fallait-il donc lasser partout votre indulgence !
Chassez, oui , de vos murs une infernale engeance !
Ces démons féminins, aux regards dévorans,
Consommeront vos grains , et guidant vos tyrans,
Sauront vous dénoncer; ces brigands en guenilles ,
Pillant vos magasins , égorgeant vos familles.
Veillez au feu ; ceux-là souvent ils l'ont produit ,
Partout où l'œil actif sur eux n'est pas conduit.
Ils vont incendier, embraser la poudrière (11).
Pour vous, nobles soldats , gardez-en la barrière.

Déjà tous vos efforts contre tant de revers
Ont su braver vingt fois mille dangers divers.
Vainement vous fuyez, incendiaires groupes :
Halte-là ! tous sont pris ou sabrés par nos troupes....
    Pendant que des guerriers, en tirailleurs épars,
Font, le fer à la main, briller tous nos remparts,
Voyez dans la cité des enfans et des femmes (12),
Rivalisant d'ardeur, ravir d'obus les flammes ;
Saisir mèche et goudron pour empêcher l'éclat,
Et courant de concert étouffer l'attentat,
Malgré boulets en feu, malgré bombe homicide.
Là sont des baquets d'eau, plus loin paille fétide (13).
    Mais là famine abat nos guerriers les plus durs,
Qui bravaient tour-à-tour mille assaillans obscurs.
Un peuple inanimé languit dans la détresse.
Là, le cœur maternel voit l'enfant qui le presse
Périr à ses côtés, lui demandant du pain ;
Ou bien la mère meurt d'un obus assassin.
Ici, c'est un vieillard qui, d'une main tremblante,
Demande en vain l'appui d'une vie expirante.
Le riche aussi s'épuise après de longs efforts,
Sous ses lambris dorés redoute mille morts.
Est-ce là ces beaux lieux que les dieux envièrent ?
Où des rivaux jaloux tous nos arts épièrent ?
    Ah ! quels sont de la faim tous ces cris accablans ?
Où vas-tu, fille en pleurs ? — Vers nos Coriolans (14),
Parmi nos ennemis exposer nos souffrances.
Vas, cours, vole et reviens, redouble tes instances...
De ton frère ennemi fléchis la dureté ;
Peins-lui tous nos malheurs, sois notre député.
La sœur arrive au camp vers son frère intraitable,
Et ce chef la reçoit d'un abord détestable.
Retire-toi d'ici, malheureuse, ou si non !...
—Pourquoi, frère odieux, marcher contre Lyon ?
Ton cœur pour ce pays peut-il être sans crainte ?
Le fer, le feu, la faim, hélas ! dans son enceinte !...
Indigne d'un beau nom, pour qui sont tes labeurs ?
— Quoi ! venir m'outrager, toi, rebelle, ici meurs !

Il dit, et du fourreau tirant l'épée horrible,
Gai de percer son sein : Sers d'exemple terrible !
Que Lyon sache ainsi qu'un vrai républicain
N'est point Coriolan pour fléchir incertain.
Ah ! tu péris ici, malheureuse victime !
Que dis-je, tu vivras par ce trait magnanime !
  Tout concourait enfin à tromper nos héros :
Ici, la trahison vient livrer nos coteaux.
Oullins est alors pris ; on accourt à Loyasse (15).
Quinze en tout, grenadiers : quelle imprudente audace !
Contre mille ennemis jamais ne combattront....
Ils vaincront, taisez-vous ; s'il le faut, ils mourront !
Du brave et preux *Fayard*, vrai *Dassas*, invincible,
Là, l'écho des Etroits redit ce mot terrible (16) :
« A moi, c'est l'ennemi : mourons au défilé ! »
Pour l'immortel honneur, gai, tombe mutilé.
Jacquinot, vrai *Bayard*, du dehors fait retraite,
Causant aux ennemis, oui, plus d'une défaite.... (17)
Je le vois rallier en bataillon carré,
L'arrière-garde au feu, des preux en rang serré.
Deux fois à l'ennemi *Mandy* prend la Duchère (18).
Croix-Rousse a vingt remparts dans la redoute altière.
De la maison Panthôt où le brave *Grandval* (19)
Résiste avec les siens à ce conflit fatal.
« Assaillis, mes amis, l'honneur est notre route ;
» Mourons tous à nos rangs, mourons dans la redoute. »
Ce preux *Léonidas* résiste fort long-temps,
Soutient lui seul le choc de nombreux combattans.
Mais, hélas ! isolé dans ces débris d'asiles,
Tombe percé de coups, mourant aux Thermopyles.
Un seul d'entre eux échappe aux coups de ces meurtriers.
Corps à corps saisissant un de leurs officiers,
A ce fier Crancéen il surprend son épée.
— Fuis, lâche, un Lyonnais, ta vie est échappée !...

NOTES DU SECOND CHANT.

(1) On sait avec quel noble enthousiasme nos manufacturiers, artistes, nobles, ouvriers, commis de magasin, négocians, propriétaires, etc., se présentèrent sur tant de points d'attaque au feu des ennemis, et leur montrèrent partout la plus héroïque résistance. On vit les jeunes Lyonnais bouillans d'ardeur, à peine sortis de leurs comptoirs, des manufactures, aller audacieusement, et avec une mâle intrépidité, insulter les sentinelles ennemies, les surprendre à leur poste. On a vu le jeune Perenon, élève architecte, à peine âgé de 20 ans, et qui a péri parmi les 209, faire à lui seul, avec le fils d'un contrôleur de douane, plus de soixante ennemis prisonniers en cinq ou six surprises différentes, ramenant ensuite dans nos murs les chevaux des cavaliers ennemis qu'ils avaient abattus ou pris.

(2) Les sœurs hospitalières montrèrent tout le zèle qu'on devait attendre de la vertu chrétienne pour le soulagement des blessés, des malades. Les frères rivalisaient de zèle, de courage et de bienfaits, avec MM. les médecins, MM. Ant. Petit, Ant. Cartier et Rey, chirurgien en chef de l'Hôtel-Dieu; M. Raillard, et surtout M. Desgranges, chirurgien-major de l'armée Lyonnaise, lors même qu'une nuée de bombes parricides éclate sur l'hospice des pauvres, ils ne les abandonnent pas; ils affrontent tous les dangers, pourvoient à tout, et s'estiment heureux de sauver tant d'êtres souffrans, même au mépris de leur sûreté personnelle. (Voyez l'incendie de l'Hôpital, page 22).

(3) Des demoiselles, des dames de condition, des sœurs, des amantes, suivent leurs parens, leurs amis, les encouragent au combat, partagent leurs périls et leur gloire. Ainsi, l'amour, le dévouement le plus vif pour le salut commun, enflammait de la plus vive ardeur nos jeunes héroïnes.

Parmi les demoiselles et les dames qui se sont distinguées au siége de Lyon, on y trouve entr'autres Mlle la marquise d'Yvolet de Bourg (Ain), connue par plusieurs morceaux de poésie lyrique, ainsi que par les sons mélodieux qu'elle fit plus d'une fois produire à sa lyre. Elle parut avec gloire dans les rangs lyonnais, où elle put mettre en pratique le talent des armes qu'elle possédait en bonne lame. On y vit aussi la jeune et belle Mélanie Subrin.

Mlle Deschamps, qui servit dans les grenadiers, et fut complimentée de Charles X, lors de son premier passage à Lyon.

Mlle Marie Adrian, âgée de 17 ans, qui remplissait la pénible fonction de canonnier avec son frère. Elle fut depuis fusillée avec lui.

Mme Cochet, jeune femme aussi courageuse que belle, eut le même sort, et elle était enceinte lorsqu'on la fit périr.

Mme Cottin, dont le génie et le charme de l'imagination lui avaient fait produire plusieurs bons romans, etc., montra sa noble sensibilité qui la porta même à faire un généreux sacrifice de la propriété de ses ouvrages, en destinant le prix de leur valeur, de quelques mille francs, qui fut donné à l'un des représentans, pour prix de la rançon et mise en liberté d'un jeune combattant destiné à la fusillade.

Mme Lacostat, femme d'un négociant recommandable, emportée par le zèle de l'humanité souffrante, et animée d'un grand courage, allait elle-même dans les postes avancés panser nos blessés, bravant les feux ennemis, encourageait les combattans, ne dédaignant pas même de leur offrir GRATIS des raffraîchissemens.

Mme Bouilloud de Chanzieux rivalisait d'ardeur au combat avec le comte son mari, paraissant journellement à la visite des tranchées, armée et montée à la cavalière ; elle eût peut-être vengé la mort de son époux, ou péri avec lui à la sortie de Perrache, si ce dernier, M. de Chanzieux, n'eût donné un instant avant, l'ordre secret, a M. de Sathonay, son ami, et depuis maire de Lyon, de l'éloigner du combat, en partant ensemble pour porter quelque dépêche à l'état-major.

Mme de Visaguey, âgée à peine de 18 ans, déploya un même courage dans l'armée monbrisonnaise ; elle périt assassinée sur le corps de son époux, dans le moment où elle pansait ses blessures, à Chazelles sur Loire.

Plusieurs autres personnes, dont je regrète de n'avoir pas encore les noms, ont montré le même courage, la même intrépidité et le même caractère martial.

(4) On eut le plus grand soin des blessés et prisonniers ennemis. Le général Nicolas qui fut surpris par la petite armée extérieure, détachée de Monbrison à St-Anthelme, fut amené avec soixante hussards de Berchini, et quantité d'autres volontaires et officiers, a Lyon ; ils ont eux-mêmes rendu un témoignage avantageux, en faveur des Lyonnais, de leurs bons procédés à leur egard ; mais ils ne furent écoutés ni les uns ni les autres de leurs féroces et sanguinaires collègues, qui avaient juré l'anéantissement de la ville fidèle au trône et à l'autel.

(5) INCENDIE DE L'HOTEL-DIEU.

Dubois Crancé qui avait dessein de s'emparer des biens assez considérables de l'Hôtel-Dieu, ainsi que ses collègues, signalait ce monument à ses bandes armées comme le point de retraite des plus illustres têtes du royaume. «En vain le drapeau noir paraît-il réuni sur ce dôme à celui de la nation ; ce signe, leur dit-il, vous annonce que si les Lyonnais sont vainqueurs, ils extermineront les habitans des campagnes, et s'empareront de leurs biens pour s'indemniser de leurs pertes. »

Le drapeau noir qui, dans toutes les villes assiégées, signale les hôpitaux, était à leurs yeux l'étendard de la révolte. A cette imposture, on ajoutait que son Altesse royale Monsieur, comte d'Artois, et plusieurs émigrés étaient cachés dans cet hôpital. Ainsi fut incendie cet asile qui était le patrimoine du pauvre et le plus beau monument de l'Europe, où il trouvait tous les secours, et où des milliers de malades étaient alors entassés avec les blessés ennemis ou non. Les boulets rouges y furent jetés avec encore plus de fureur que partout ailleurs. Les Crancéens y mirent

le feu près de quarante fois dans une nuit ; il fut cependant éteint, malgré les décharges qui en écartaient les secours. Médecins, frères, sœurs,
tous s'exposaient pour sauver tant de malheureux des flammes. Dès-lors,
on transporta les malades au couvent de l'Observance, près de Vaise, en
leur faisant remonter la Saône en bateau. Le peuple concourut à cette
grande œuvre de tous ses efforts, et connut par ce trait, l'esprit qui ani-
mait ses barbares persécuteurs. Un ex-voto a été depuis placé dans l'é-
glise de Notre-Dame de Fourvière, en action de grâce de cette délivrance.

On dut à cette conduite de l'ennemi la constance avec laquelle le peuple supporta l'excès de ses calamités.

M. Lacretelle le jeune raconte ainsi le bombardement de l'Hôtel-Dieu
de Lyon : « Je frémis du nouveau genre de crime que j'ai à rapporter.
Un homme qui s'appelait représentant du peuple français, fit pleuvoir
les bombes sur l'Hôtel-Dieu, celui peut-être des hôpitaux de France où
les secours donnés à l'humanité souffrante étaient entrés en foule dans cet
asile. On y traitait avec le même soin les blessés de la ville et ceux des
assiégeans qu'on avait faits prisonniers. Touchante et sublime leçon que
donnaient les Lyonnais aux commissaires de la convention qui ne man-
quaient jamais de faire fusiller les rebelles qui tombaient en leur pouvoir.
Les Lyonnais, quoiqu'ils eussent tant de fois éprouvé la férocité de leur
ennemi, ne purent croire qu'il eût prémédité l'incendie d'un hôpital. Ils
élevèrent un drapeau noir au-dessus de l'Hôtel-Dieu. C'était comme s'ils
eussent dit : Le hasard vous rend coupables d'un crime qui ne peut être dans
votre pensée. N'achevez pas : dirigez ailleurs vos bombes ; la mort entre
assez sans vous dans cet asile que le malheur rend sacré. Mais les bombes
sont lancées avec plus de fureur ; le drapeau noir est la direction qu'on
leur fait suivre. Il remplace tous les signaux donnés auparavant par les
traîtres pour l'exécution de ce sacrilège. »

(6) A la seconde note nous avons parlé des dignes médecins qui se dé-
vouèrent au soulagement des malades.

(7) A la onzième du premier chant, nous avons dit par qui fut croulé le
clocher de la Guillotière.

(8) Dujast et Lauranson obtiennent du général Précy de passer le Rhône
à la nage, et vont un jour sur le minuit incendier les chantiers de la Guillotière, derrière lesquels se retranchaient les assiégeans ; et leurs caissons
y étaient adossés, ainsi que leurs obus.

(9) Ils partirent la tête ceinte de fusées, dites depuis à la Congrève,
enveloppées dans de la toile cirée. Quelques-uns ont prétendu que c'était
du phosphore. N'importe, ils réussirent et regagnèrent, sains et saufs, à
la clarté du feu, notre rive hospitalière. M. Dujast seul est vivant. Espé-
rons qu'un tel dévouement ne sera pas oublié.

(10) INCENDIE DE L'ARSENAL.

Il est de fait constant, au rapport des historiens et des assiégés, que ce
fut par trahison que l'arsenal fut incendié, et que ce fut par les deux mé-

mes femmes , aidées des sans-culottes cachés ou transfuges, qu'on ne surveilla pas assez, que l'on plaça des mèches au même instant aux vastes entrepôts de fourrages, et même aux maisons voisines. C'est le 24 août au soir, jour de la St-Barthélemi, et veille de St-Louis, que tout-à-coup pour le bouquet royal, une explosion des plus terribles fit sauter les quatre vastes magasins dont il était composé.

Ainsi fut ruiné l'un des plus beaux arsenaux de France. Dans cette nuit fatale, cent dix-sept maisons d'alentour ont été la proie des flammes. On eût dit, à voir la hauteur des tourbillons enflammés qui s'élançaient de l'arsenal, à la clarté que réfléchissait au loin le firmament, que tout Lyon était en feu ; et c'est alors que la joie barbare des monstrueux représentans fit diriger toutes les batteries sur tous ces points. A cette vue, ils interrompirent une orgie des plus scandaleuses pour venir jouir sur les hauteurs du château de la Pape, avec une troupe de prostituées, de l'affreux spectacle de ce volcanique embrasement.

Eh ! qui le croirait ! un Néron qui se repaissait souvent des maux, son propre ouvrage ; qui s'applaudissait en voyant brûler Rome ! Néron voulait la rebâtir ; il fit plus, il réédifia Lyon embrasée sous son règne. Au contraire, nos affreux proconsuls la brûlaient pour l'anéantir à jamais. Quel contraste ! quelle pensée plus épouvantable !

(11) La poudrière allait aussi offrir son incendie ; mais le poste qui veillait sut arrêter l'audace des nombreux incendiaires.

Ils furent tués ou pris ; deux femmes et un jacobin de la suite furent arrêtés, convaincus et fusillés dans les 24 heures. Les autres furent dispersés , et la poudrière fut sauvée. Mon père, alors de garde à ce poste , m'a depuis transmis ce fait, et il m'est confirmé de nouveau par des témoins oculaires.

(12) On ne saurait peindre tout le dévouement et le courage avec lequel des demoiselles, des femmes, des enfans, des hommes généreux se précipitaient sur les bombes et les obus, pour en enlever la mèche ; et par là, s'exposer à mille morts pour en empêcher l'éclat, pour le salut public. De semblables traits sont dignes de mémoire : que ne puis-je recueillir ces noms si précieux pour l'histoire !

(13) On avait répandu çà et là de la paille mouillée ou du fumier dans les divers quartiers de la ville ; et de grands baquets pleins d'eau étaient destinés en même temps pour l'arroser, afin d'amortir les bombes, et de servir en cas d'incendie.

(14) Cette personne était parente de Dubois Crancé. On sait qu'il avait amené à Lyon plusieurs de ses proches, lorsqu'il se rendit, avant le 29 mai, à l'armée des Alpes. On croit qu'elle était sa sœur ; quelques personnes m'ont soutenu qu'elle s'était tuée elle-même, n'ayant rien pu obtenir du farouche Crancé en faveur des Lyonnais, au milieu desquels elle avait fixé son séjour. Ce fait, quoique peu connu, n'est pas moins réel, et honore cette victime généreuse, bien digne d'un meilleur sort !

(15) La redoute d'Oullins fut vendue aux ennemis ; aussi fut-elle prise sans combat. Celle du monticule de Loyasse se défendit, au contraire, avec un rare courage, malgré la défection ou la fuite de plusieurs canonniers ; quinze d'entr'eux jurèrent de périr à ce poste, et s'y maintinrent jusqu'à la fin.

(16) Le célèbre Fayard, propriétaire du quartier de la Quarantaine, commandant le faible détachement des grenadiers et canonniers qui gardaient le poste et le défilé important des Etroits, est assailli par les ennemis qui s'avançaient en grand nombre ; il les avait aperçu le premier. voilà l'ennemi : feu ! feu ! Lyonnais ! et les quatorze hommes qui sont sous ses ordres font un feu si vif, si soutenu, que les ennemis sont repoussés honteusement. Mais le brave Fayard était tombé couvert de blessures à son poste.

(17) Jacquinot, ancien capitaine retraité, soldat d'un courage à toute épreuve, fut chargé, et exécuta en homme habile, la retraite de la tour de Salvagny à l'intérieur ; il défendit vaillamment la tour de la Belle-Allemande à Serin, et parut successivement à St-Just, à Perrache avec ses braves.

(18) Mandy, marchand grenetier de la place de l'Herberie, défendit le poste de la Duchère avec cinquante hommes contre trois mille ; mais le nombre des ennemis s'accroissant de plus en plus, il ramena dans Lyon les quarante-deux hommes qui lui restaient. Le lendemain, avec deux cents hommes, il revint à la charge, et reprit son poste à l'ennemi.

(19) Grandval, ex-capitaine du régiment de Bourgogne, fut chargé de la défense importante de la redoute de la maison Panthôt à la Croix-Rousse. Il se battit à ce défilé en vrai Léonidas ; les siens jurent avec lui de s'ensevelir dans la redoute. Six mille hommes les entourent, les canonnent. Cette poignée de héros fait face sur tous les points. On monte à l'assaut, la maison brûle, la redoute tient encore. La plupart succombent glorieusement sur les corps de leurs ennemis. (Depuis lors, le général Rampon qui a imité ce trait d'héroïsme, a été plus heureux à la redoute de Montenotte). Le digne propriétaire actuel, pour honorer la mémoire et le tombeau de ces héros, a fait placer à la barrière de sa maison des lis et la date de cet événement célèbre.

(20) M. R., fils d'un ancien chevalier de St-Louis des gardes françaises, a conservé précieusement l'épée qu'il enleva alors à l'un des officiers craquéens.

TROISIÈME CHANT.

Des fougueux ennemis nos champs sont inondés :
Quels bras arrêteront ces torrens débordés !
Partez, beaux escadrons ; volez à leur rencontre :
Aux assaillans nombreux qu'à ces bords tout se montre.
Là, nos preux mitraillés ne sont plus redoutés.
Quels efforts sous vingt chocs ! quels soldats indomptés !
Nos guerriers sont épars ; *Précy* court, les rallie.
Tous à moi, Lyonnais, chargeons…. l'ennemi plie ;
Déjà l'airain tonnant qu'a saisi *Simonet* (1)
S'oppose à l'Allobroge, et seul le contenait (2).
Ce fait d'arme concourt à chasser les cohortes,
Le conflit d'ennemis qui menaçaient nos portes.
Albitte ou *de Crancé*, tout cède à la valeur (3).
En ce jour, sur trois points, trois fois l'on est vainqueur.
De Précy, de Grammont, Vichy, Crémol, armée (4),
Portez fiers tant d'exploits à notre renommée !
Lyonnais, ces combats ont vu des murs d'airain ;
Pour vous Perrache a su profiter son terrain (5).
Crancé, croisez vos feux, nos tirailleurs en plaine
Déjà les ont éteints ; la terreur vous entraîne.
Vaincus, (en vain) fuyez, voyez là vos cercueils ;
Vos rangs sont enfoncés, vos bataillons en deuils.
Chantez, ô Lyonnais ! cet immortel courage !
Cavaliers, fantassins sont fumans de carnage.
Gloire, honneur aux guerriers, gloire au vaillant *Précy* !
Salut, libérateurs *Durozier* et *Vichy* (6),
Vaugirard, Virieux, Savaron, tous célèbres,
Qui du sol des héros bannissez les ténèbres !
T'oublierai-je donc, ô valeureux *Rater* !
Qui lanças sur *Crancé* les feux de Jupiter ?
Toi dont le sûr coup-d'œil interrogea l'espace ?
Toi qui pointas l'airain pour confondre l'audace ?…
Les bataillons nombreux que ton bras a surpris,
Vingt fois de ta valeur ont-ils senti le prix ?
Ton génie inventif qui brava l'infortune,
Que ne te garda-t-il loin d'un port de Neptune (7) !

Je voudrais te chanter, admirable *Mauboust* (8) !
Pour ton Dieu, pour ton Roi, tu te montras partout.
O guerrier rayonnant dans un instant critique !
Tu préféras mourir qu'aimer la république,
En combattant pour elle au mépris de ta foi !
Je ne sers point, dis-tu, l'ennemi de mon Roi !
Que ne puis-je chanter mille autres traits de gloire !...
Braves Montbrisonnais, vous vivrez dans l'histoire :
Votre amitié fidèle a su le mériter (9).
Preux de Salvisinet, je voudrais tout citer :
Vos généreux efforts, convois de subsistance,
Qui portent à Lyon la joie et l'abondance.
Vous conservez les jours de cent mille habitans ;
Dès-lors, votre secours soutint nos combattans.
Oui, sans la faim, jamais un courage si noble
N'eût cédé, Lyonnais, sous les coups de l'ignoble (10).
Mais ce cruel fléau, jaloux de nos exploits,
Revient encor ici tout frapper à la fois.
Quoi ! vous n'osez mourir sur vos propres trophées !...
Reprenez votre essor ; de trop vils coryphées
Vous offrirent la paix : elle est à vos regards.
Vainqueurs, vous ne l'aurez qu'au prix seul des Césars.
L'olivier *crancéen*, qu'est-il ? un plant stérile,
Qui va porter pour fruit la mort en votre ville.
Marchez, braves guerriers, mourez avec honneur.
Fuyez l'arrêt fatal, l'arrêt de la terreur.
Vous qui bravez enfin les hasards de la guerre,
Eloignez les efforts d'une paix sanguinaire.
Vers des pays lointains, des bords hospitaliers,
Hâtez-vous de partir, volez, volez, guerriers.

NOTES DU TROISIÈME CHANT.

(1) Parmi les guerriers qui partagèrent la gloire de la défense de Lyon, Tarare et St-Romain du même canton fournirent une trentaine de jeunes gens qui ont péri en grande partie au champ d'honneur. Parmi ceux qui ont survécu, on doit distinguer M. Simonet aîné de Tarare, marchand fabricant. Il était grenadier dans la compagnie de Guillaume Tell.

Le 29 septembre arrive l'affaire de Perrache ; les chasseurs de Précy, forcés de céder au nombre, se repliaient brusquement et avec perte. Les ennemis furent sur le point d'entrer en ville ; les postes se repliaient de toutes parts ; une batterie était abandonnée. Simonet seul, loin de se déconcerter, charge hardiment deux fois une pièce de canon, la pointe et la tire, et coopéra puissamment, par ce fait d'armes, à arrêter la légion des Allobroges. Pendant ce temps, le général Précy accourt, rallie ses braves : A MOI, LYONNAIS, VOILA L'ENNEMI ! et à leur tête il repoussa les assaillans. Ce beau trait de sang-froid et d'intrépidité de M. Simonet fut connu du général qui le reçut aussitôt dans sa garde prétorienne.

M. Simonet est le fils d'un ancien châtelain de Tarare ; J.M. Philibert péri avec les deux cent neuf.

M. Garnoud, juge-de-paix de Tarare, m'a fourni cette note. Il se distingua lui-même aux Brotteaux, sur plusieurs points. Il était dans les chasseurs Rousseau casernés. Il eut le bonheur d'échapper aux Grancéens, à la sortie de Vaize, dans l'intrépide arrière-garde aux ordres du général de Virieux.

(2) Parmi les terroristes qui assiégèrent Lyon, on distingua surtout la légion des Allobroges, affreux ramassis des réfugiés révolutionnaires de Savoie, sortis en grande partie de Thonon en Chablais. Le commandant de cette horde forcenée était un nommé Chovirant, ancien dragon de Savoie.

Ces républicains si terribles, après s'être signalés par leurs fureurs devant Lyon, où plus de la moitié cependant mordit la poussière, dans les diverses sorties des Lyonnais, allèrent, après la reddition de Lyon, périr pour la plupart au siége de Toulon, en montant à l'assaut malgré l'ordre des chefs assiégeans. Ils avaient dans leurs rangs un sous-officier nommé Boigne, marchand colporteur de bonnets, qui sauva, dit-on, plusieurs Lyonnais sans le savoir, ayant perdu, sans doute, une espèce de passe-port dont il était porteur. Ceux-ci, fugitifs, s'en servirent à propos pour passer le pont de la Guillotière, qui était gardé par des soldats illétrés pour la plupart. Un mât de liberté en était alors le cachet et le signalement principal ; et c'était là presque le seul moyen de sortir de Lyon, qui a été fermé un an entier après le siége.

Mais ce qu'il y a de plus singulier, c'est d'apprendre qu'un nommé Boigne fut aussi employé sous le directoire comme lieutenant-général, ou autre grade analogue ; et qu'étant resté sans emplois depuis la chute de la république, passa en Angleterre, et de là, aux Indes ; qu'à Mysore, il sut prospérer à un tel point, qu'il se lia d'amitié avec les grands du royaume, et vint dans les bonnes grâces du roi Tipoo-Saïb qui le fit aussi son ami, son confident, son ministre après quelques temps de séjour à Séringapatam, sa nouvelle capitale.

Alors la France venait de faire un traité secret à Paris avec Tipoo-Saïb, qui s'y étaitr ndu lui-même en personne.

Ce traité était d'une importance extrême pour le commerce français ; il entrait aussi dans le système continental. Les Anglais jaloux n'épargnèrent rien pour l'anéantir.

La France, de son côté, avait envoyé, sous le règne impérial, quelques régimens pour aider et encourager ce roi à se défendre contre les Anglais. Déjà son triomphe semblait assuré, lorsque les Anglais redoublant partout de perfidie, sous prétexte de protéger des prétendans différens à des NABABIES voisines, restèrent les plus forts, et achevèrent de désoler le Bengale, pays si peuplé, si fertile, en accaparant les blés du pays et des environs. Ils le firent monter à un prix si excessif, qu'ils réussirent à faire périr par cette famine combinée un nombre infini d'habitans.

D'autre part, l'empire si riche de Mysore était menacé par la même famine et par la guerre la plus ouverte. Les Anglais l'attaquent avec de nouveaux renforts ; Séringapatam est bientôt assiégée. Des bataillons français paraissent, en font lever le siége. Les Anglais sont encore une fois repoussés. Ceux-ci, devenus plus furieux, cherchent un traître assez puissant ; ils le trouvent, l'achètent : la récompense promise est la moitié du trésor du roi, etc., au rapport des feuilles publiques du temps.

Boigne se présente, poignarde son ami, et porte sa tête aux Anglais, obtient d'eux une partie de son trésor et une pension viagère considérable.

Un troisième Boigne, sans doute, n'est rentré qu'en 1816 à Chambéry, sa patrie, avec des trésors immenses, y a obtenu, dit-on, des lettres de noblesse ; il y a fait bâtir naguère une église pour lui servir un jour de sépulture, et un théâtre public pour les plaisirs. On dit qu'il doit doter plus utilement un hospice.

(3) Albitte est un des collégues de Crancé, qui figura devant Lyon, et y reçut plusieurs échecs. Tout cruel qu'il était, il ne fut pas reconnu assez criminel pour rester à Lyon, à la tête des républicains. Il fut rappelé à Paris par la convention.

(4) L'affaire du 29 septembre vit briller à Perrache le général de Précy, et le comte de Vichy, qui commandait à St-Just (il a été fusillé) ; de Crémol, maréchal-de-camp, à la Croix-Rousse et à St-Clair (aussi fusillé) ; le comte de Grammont, grand cordon rouge, pair de France. Ce dernier préside la commission intermédiaire de Paris pour le monument des Brotteaux ; il se défendit vaillamment à Perrache, à la tête de son détachement posté à la maison Picofasi, actuellement manufacture royale des tabacs.

(5) Le terrain alors marécageux de Perrache et ses broussailles servirent de rempart aux Lyonnais, et de noyade aux ennemis.

(6) M. Durozier était un ancien officier de la noblesse forézienne, et Vaugirard était lieutenant-général des armées du Roi sous Louis XVI ; M. le comte de Virieux était du département de l'Isère ; il fut blessé à mort à la sortie de Vaize.

(7) Rater Ildefonse est le fils de ce fameux architecte qui exécuta le hardi projet de couper les montagnes de St-Clair, et d'établir cette longue

et belle file de maisous qui en font tout l'ornement, et que la main du vandalisme menaçait de détruire. Il vit toute sa famille dispersée ou proscrite; il ne put résister à tant de coups, et mourut de chagrin en 1794.

Le fils Rater se signala comme artilleur au siége de Lyon; il entra dans le corps d'artillerie que commandait l'ex-constituant Milanais. Rater, avec ses jeunes compagnons d'armes, au moyen de quelques livres de poudre dont il étudiait les démonstrations mathématiques, acquit en peu de temps la théorie qui lui manquait, et devint le plus fort pointeur de l'armée lyonnaise. Nommé lieutenant de la compagnie d'artillerie que commandait Milanais, au moment où celui-ci fut promu au grade d'inspecteur de la même armée, Rater, par son sang-froid, par sa présence d'esprit et par son habileté, ne tarda pas à se faire remarquer dans la défense de la redoute Gingenne; cette redoute qui, dit l'historien du siége de Lyon, était regardée inexpugnable, aussi bien par les assiégeans que par les assiégés, et dont les canonniers eurent la palme de l'intrépidité. Ce fut surtout dans la fameuse journée où le poste de la maison Panthot fut enlevé aux Lyonnais, que Rater sut les maintenir dans le faubourg de la Croix-Rousse, par la manière savante et vigoureuse avec laquelle il dirigea le feu des batteries de la redoute Gingenne.

Aussi modeste qu'il était courageux, il n'était occupé, avec un de ses amis, qu'à trouver de nouveaux moyens de défense, et à inventer des instrumens utiles aux assiégés. Il en présenta un à l'état-major de la Croix-Rousse, à l'aide duquel on pouvait, sans avoir connaissance des mathématiques, mesurer les distances inaccessibles; mais cet instrument ayant été soumis à l'inspection de l'ingénieur Dombey, celui-ci, en rendant hommage à l'idée ingénieuse des deux amis, reconnut que, quoique le procédé fût de la plus grande justesse en théorie, et que l'instrument fût très-simple, la moindre erreur dans l'opération en présentait une très-grande dans le résultat. Ajoutons cependant qu'ayant égard au courant des fleuves et à la densité de l'air où le boulet passe, on pouvait prendre une sage et utile proportion. N'importe, l'état-major crut devoir rejeter cet instrument.

Rater se fit connaître du général Précy, qui bientôt le regarda comme son meilleur pointeur. Un jour qu'un coup inattendu avait causé les plus grands ravages dans l'armée assiégeante, un tel coup, dit-il, ne peut être parti que de la main de Rater, et il ne se trompait pas.

Rater et ses compagnons d'armes ne se reposaient de leurs fatigues qu'en abandonnant les ruines du poste Gingenne, pour aller occuper durant quelques jours des postes moins périlleux, où ils rendaient encore des services importans aux assiégés. C'est ainsi qu'à la batterie Loys, Rater fit sortir dans la nuit les canons de la redoute; et les ayant fait transporter sur une élévation, causa les plus grands ravages dans l'armée assiégeante, avant qu'elle pût reconnaître d'où partaient ces nouveaux coups. A la redoute des portes St-Clair, ce fut encore Rater qui, par la justesse de ses coups, contribua à faire échouer les bateaux embrasés que les assiégeans avaient fait partir des environs du bourg de la Pape, pour incendier le pont Morand. Enfin, dans l'importante journée du 29 septembre, où l'armée assiégeante manœuvre dans les plaines des Brotteaux pour faire une attaque générale, Rater avec sa compagnie s'était placé sur le coteau des Collinettes, foudroya l'armée ennemie, et mérita les plus grands éloges du marquis de Viriéux, ex-constituant qui commandait la ville sous M. de Précy. Sur la fin du siége, Rater vit sa compagnie réduite, par les morts ou par les maladies, à douze hommes. Se trouvant trop peu nombreux, et trop fatigués pour faire le service des pièces de la redoute Gingenne, ils demandèrent à l'inspecteur d'artillerie Milanais la permission de s'attacher à un poste moins important. — C'est impossible, dit Milanais, il nous faudrait abandonner le faubourg de la Croix-Rousse ; car on ne pourrait vous trouver des remplaçans. Ils ne quittèrent donc leur poste qu'au commencement de la nuit, lorsque le général Précy fit sa sortie. Plusieurs de ses amis furent hachés sur leur pièces à la redoute des Collinettes ; il ne put échapper lui-même qu'en se sauvant par un souterrain.

Après l'entrée de l'armée de Grancé dans la ville, Rater fut pris, et n'obtint la vie qu'à condition de servir dans les bataillons de la république, et périt au siége de Toulon.

(8) Ornons de fleurs la tombe de M. Chapuis de Mauboust. Ce digne gentilhomme forézien, fidèle à son Dieu, à son Roi, à sa patrie, compté parmi les plus célèbres officiers d'artillerie de l'Europe, dans la chaleur de l'action, tombe malgré sa bravoure au pouvoir des Grancéens, à l'affaire du 29 septembre, à Perrache. Sa valeur et ses talens l'avaient plus d'une fois fait apprécier aux ennemis ; ils lui offrent la vie, s'il veut servir dans les armées de la république ; ils lui réitèrent cette offre au moment même où on lui bandait les yeux pour le fusiller. — Non, répond-il, je me suis battu et ne puis me battre que pour mon Dieu et pour mon Roi. Il subit ainsi la mort qu'avait subie son frère.

(9) RETRAITE A L'INTÉRIEUR.

Les Lyonnais avaient encore pour ressource les postes de St-Chamond, de St-Étienne, de Montbrison, d'où ils tiraient les blés du Forez. Grancé fortifié de nouveaux renforts, fit occuper la petite ville de Rive-de-Gier qui lui était vendue. Le commandant Servant consulte alors moins sa prudence et la poignée de ses braves que son courage pour attaquer Rive-de-Gier. Des deux colonnes d'attaque, l'une après six heures de combat, fut obligée de faire une retraite qu'un nombre trop supérieur d'ennemis rendit plus glorieuse qu'une victoire. La colonne de Servant s'étant engagée dans un défilé dont l'issue était impossible, fut hachée après une défense opiniâtre : il n'en échappa que cinq hommes sur les cinquante de l'avant garde, à la tête de laquelle était Servant qui fut blessé et conduit prisonnier à Vienne ; puis, fut fusillé au camp des Brotteaux, le jour même où Grancé écrivait aux Lyonnais: « Vous outragez l'humanité le droit des nations, en égorgeant vos prisonniers. »

- Cependant la colonne avait gagné la montagne de Ste-Catherine. Alors M. Finot, âgé de 23 ans, et qui était capitaine des canonniers, tente un coup d'éclat salutaire aux siens. Il fait placer et servir sur-le-champ ses batteries. Les nombreux Grancéens n'osent aborder cette poignée de braves, déterminés à vendre chèrement leur vie; ils s'imaginent les anéantir sûrement en faisant sonner le tocsin dans une chapelle voisine, dite de Ste Barbe; mais la patronne des canonniers protège les Lyonnais; et l'adroit et prudent Finot fit pointer sur le clocher, et au premier coup de canon abat le clocher sur les sonneurs. Plus loin, les Grancéens s'étaient embusqués derrière un mur d'appui qui bordait le passage, et y incommodaient cruellement les Lyonnais; sans se déconcerter, le même Finot force un paysan qui conduisait une pièce de canon, à lui aider à la placer sur la hauteur voisine. Le paysan menacé y marche; la pièce se place avec le plus grand danger. Plus de 40 balles pleuvent sur Finot; Une seule atteint une de ses boucles d'oreilles; enfin, il pointe sa pièce chargée à gargousse, renverse le mur, débusque l'ennemi découvert, et le force à fuir. Mais les siens, au nombre de trois cents, cherchent à garder St-Etienne; alors trahis, ils ne peuvent s'y maintenir; ils gagnent Montbrison. Cette affaire eut lieu le 14 septembre.

Je ne dois pas oublier ici que M. Finot accompagna à pied, en 1815, son A. R. Monsieur, aujourd'hui Charles X, lorsqu'il se vit forcé de quitter nos murs par l'arrivée subite de Bonaparte. M. l'avocat Verdun, également commandant de bataillon au siége, partagea avec lui cet honneur, et obtint sous Louis XVIII la décoration de la Légion-d'honneur, etc.

(10) Cependant l'Auvergne s'armait de toutes parts; la marche de divers corps de troupes, avec une artillerie formidable, menaçaient Montbrison. On manquait de provisions à Lyon. De Précy en demande à la troupe obligée de penser à la retraite. « J'admire votre courage, leur disait-il; mais si vous n'amenez pas des grains, il faudra succomber. »

Cette armée connaît la situation de Lyon; elle ne pense qu'à y conduire du blé, et à y aller braver les bombes et la famine.

Quelle noble et juste idée ne doit-on pas se faire de cette célèbre retraite, quand on pense aux obstacles qui se présentaient partout! Comment former alors des convois de subsistance? Eh bien! huit cents hommes emmènent leurs blessés, leurs malades, leurs femmes et leurs enfans, conduisent deux cents chariots de vivres et un troupeau de bœufs au travers de 28,000 ennemis; escortent ainsi ces convois pendant deux jours et deux nuits d'une marche forcée. Deux batailles furent livrées et gagnées pendant sa route pénible: celle de SALVISINET entr'autres mérite d'être citée. Là, 6000 Grancéens étaient postés avantageusement sur la montagne, peu éloignée du village de ce nom, pour en fermer le passage. Ils sont défaits par quatre cent cinquante hommes; mais, avant d'arriver à Lyon, le détachement d'avant-garde éprouva la perfidie la plus horrible. Le commandant chargé de ramener sa troupe postée au château de Montron, près de Feurs, arrive à la porte de Chazelle ; là la municipalité l'accueille, lui offre ses secours avec empressement. Comptant sur la franchise que cette démarche supposait, le détachement entre avec sécurité ; on lui offre des rafraîchissemens, quand tout-à-coup ces prétendus frères les égorgent sans pitié.

Le petit nombre qui échappe est contraint de se faire jour à travers les retranchemens des Crancéens embusqués.

Là, fut assassinée Mme de Visaguey, âgée de 17 ans, sur le corps de son époux, par les forcenés Allobroges.

Cependant l'armée Montbrisonnaise arrive à Lyon, chassant devant elle les hordes infernales de l'ennemi ; elle vint camper près de Lyon, à la tour de Salvagny. Là, les braves Jacquinot et Grandval les formèrent en bataillons carrés, et les protègèrent.

Honneur à Montbrison, qui osa seule s'unir à Lyon pour défendre sa cause, qui fut aussi celle de l'humanité !

(11) Elle fut son émule en gloire et en infortune.

Quel spectacle plus attendrissant que celui de deux villes écrasées par des forces supérieures ! réunissant leurs ressources et l'élite de leurs habitans ; voyant leurs propriétés pillées et détruites ; partageant la même famine et les mêmes proscriptions ; réduites, en un mot, à manger la chair des plus vils animaux.

Pendant la chaleur du siége, en septembre, les Lyonnais qui avaient une infinité de postes à garder, étaient obligés de se multiplier sur tous les points, ayant dans la ville de non moins terribles ennemis : c'étaient des incendiaires, des espions, des porte-signaux, etc. qui, malgré toutes les précautions, saisirent un moment où nos soldats étaient occupés sur tous les points, pour s'assembler audacieusement dans le bâtiment de la Loge-du-Change ; là, ils étaient venus délibérer en grand nombre sur de nouveaux moyens de nuire. L'état-major est aussitôt instruit ; on détache un escadron de chasseurs à cheval et une compagnie de grenadiers de Saône. Les cavaliers arrivent au galop, gravissent l'escalier de l'esplanade ; les grenadiers les suivent, entrent au pas de charge ; quelques-uns sautent par les croisées pour éviter les baïonnettes ; d'autres sont sabrés ou saisis malgré leurs poignards.

Ainsi l'on dissipa ce rassemblement imposant et dangereux ; et pour en prévenir de nouveaux, on plaça, ce jour même, à la tête du pont du Change, une pièce de canon chargée et gardée par des canonniers.

QUATRIÈME CHANT.

Nos héros sont partis dès l'aube renaissante.
Déjà Vaise aperçoit la colonne imposante (1).
Les chemins sont couverts de cent bouches d'airain.
Reverchon, Châteauneuf, Maignet et tout leur train (2),
Vous croyez arrêter les enfans de Bellonne !
Voyez leurs rangs serrés que la flamme environne,
Porter à pas pressés baïonnette en avant.
Tel un nuage épais, qui, sur l'aile du vent,
Porte l'éclair, la foudre, enfin la mort certaine :
Mars ainsi dans vos rangs les guide et les amène.
Les coteaux devant eux ont d'hostiles replis ;
Leur désespoir heureux de morts les a remplis.
Tel est le cours gonflé du torrent qui ravage ;
Portant partout l'effroi, franchit sur son passage ,
Entraînant entassés les bienfaits de Cérès ,
Les produits de Pomone en de vastes guérets.
Tel plus impétueux le trépas sait répondre
Par cent feux bien nourris qui vont frapper, confondre ;
De leurs coups redoublés, là sont tous renversés
Sous le plomb, expirans, chefs, soldats dispersés.
Sur l'escadron fameux en vain pleut la mitraille :
« Grenadiers, en avant, vous gagnez la bataille... »
Tout-à-coup, fiers vainqueurs, sabrent les canonniers
Au même instant qu'ils vont charger vingt obusiers.
Canons pris, encloués : écho chante bravoure
Pour succès triomphans que tant de gloire entoure.
Plus bas, un canonnier, laissé seul dans le choc (3),
Veut mourir combattant comme immobile roc.
Entouré d'ennemis : Rends-toi. « Non ; l'on résiste :
» En Lyonnais je meurs ; » se défend et persiste ;
Pointe encore un obus, abat deux escadrons.
Un groupe l'accablait : Nous l'aurons, nous l'aurons !
Sans se déconcerter, voyant sur lui les sabres,
Met le caisson en feu ; tout saute jusqu'aux arbres ;
Et le groupe assaillant sous Samson, sa vertu,
Dans la foule des morts tombe encore abattu.

Là, le détachement du preux *Clermont-Tonnère* (4)
Répand au loin l'effroi sous Burtin-la-Rivière (5).
Saint-Rambert est franchi, malgré tocsin, feux vifs,
Vingt bataillons tournés ont des coups successifs.
Limonest dans son camp redoute cette armée (6).
On se mêle, on combat; la troupe est alarmée :
Précy paraît, poursuit l'ennemi redouté,
Quand le fameux *Burtin* meurt, tombe à son côté.
Ce coup fatal troublait leur valeur intrépide :
Tel un nuage épais a sa course rapide,
Restier rallie ainsi trente chasseurs épars (7),
Et voit fuir devant lui d'hostiles étendards.
Saint-Cyr et Morancé sont réduits au silence (8);
Sinistre Poleymieux, témoin de leur vaillance (9),
Voit Chasselay réduit, Alix offrir ses bois (10)
Aux braves harassés de fatigue et d'exploits.
Bagnole a vu nos preux, tout s'y calme et frissonne (11);
On ravitaille ici les enfans de Bellonne,
Quand le tocsin conduit des traîtres sur nos preux.
On place sur leurs pas rassemblemens nombreux....
Combattre! eh quel espoir de Chessy le passage (12)?
Des gens fanatisés, d'Amplepuy voisinage....
Nos guerriers les ont plaints; on vise à d'autres bords.
Ah! si la Saône offrait un chemin à ses ports!
Saint-Vérand a fait feu; cela criait vengeance (13);
Mais tout succès retarde : on penche à l'indulgence...
    Quel aveugle intérêt vous guide et vous conduit?
Vous comblez le malheur : quel destin le poursuit?
Féroces habitans, rentrez dans vos montagnes :
Qu'ont fait les Lyonnais, passant dans vos campagnes!..
Ils sont tous vos amis, vous les assassinez!
Vos bras sont pour les champs qu'au sang vous destinez.
Laissez-là ces tridens, et vos mains seront sauves;
Ce n'est que sur des loups qu'on tire, ou d'autres fauves.
Ouvrez à des héros des abris défenseurs :
Ils vous ont soutenu contre vos oppresseurs.
Saint-Romain semble offrir au loin un heureux calme (14).
Quoi! des traîtres cachés y cueilleraient la palme!...
Je frémis quand j'y pense : ô preux exténués!

(36)

Vous, l'honneur, la valeur, de l'espoir dénués !!!
Offrez encore un trait de vos bras formidables :
Voyez sur ces hauteurs d'ennemis innombrables...
Partout sont leurs drapeaux ; la plaine au loin gémit
Sous le bruit du canon, du tocsin, tout frémit.
« Soldats, *Précy* le voit, Avoge vous fatigue (15) ;
» Tant d'efforts répétés et l'infernale ligue ;
» L'honneur est dans vos rangs : descendons au cercueil ;
» L'opprobre est pour le lâche : au ciel est notre orgueil.
(De faim, de soif tombant, étendus sur la dure).
» Malheureux, périssez, ou forcez la nature ! »
Au discours de *Précy* tous soudain se levant,
En guerriers excités marchent tous en avant.
Ancy fut traversé, quand la cavalerie (16),
Pour les couper encore, a joint l'infanterie.
Amis, n'hésitez pas : là sont hussards, dragons.
En avant à *Précy*, tout s'ébranle, chargeons !...
On vole sans tirer ; tout recule en désordre ;
Aux escadrons rompus la poussière on fait mordre ;
Et c'est encore un trait d'héroïque valeur,
Qui fait trembler au moins le crime et la terreur.
Non, cent contre vingt mille, ô célèbre mémoire (17)!
Il est beau de mourir sous le poids de la gloire !
Plus de poudre ! épuisés, qui vous consolera !
On vous craint, Lyonnais, on capitulera.
Ces guerriers malheureux, puisqu'il faut qu'on succombe,
Feindront pour chef *Antoine*, et *Précy* dans la tombe (18).
Un bois veut te cacher, immortel *de Précy !*
Audras, *Schmith*, les tiens, te sauveront ici (19) :
Tout le jure, on le veut : déjà l'on parlemente ;
L'ennemi fraternise enfin, trève, assermente,
Quand ses vils assassins immolent sans pitié
Des preux trop confians à leur inimitié.
Cernés de tous côtés par dragons en furie.
« Sabrons, que rien n'échappe. » Aux armes l'on s'écrie !
Audras est indigné : là, saisit deux tromblons (20) ;
Il atteint en mourant vingt bourreaux de ses plombs.
D'autres ont pu s'enfuir, ou pris, on les enchaîne.
Lyon, dans la douleur, voit les siens qu'on ramène.

NOTES DU QUATRIÈME CHANT.

(1) On sait que c'est dans le château de la Barrolière, aujourd'hui possédé par M. Baboin, et qui appartenait alors à la dame Vauvillers, veuve d'un ancien trésorier de France, qu'était placé le quartier-général de Crancé, au moment de la retraite célèbre des Lyonnais.

Plusieurs brigades de cavalerie, composées entr'autres des hussards Berchini et du Royal-Pologne, etc., étaient cantonnées dans le village et aux environs de Limonest. Près de 5,000 hommes d'infanterie campaient sous des barraques dans la plaine de Tronchon, sise aux confins de la commune d'Ecully, près de la grande route de Paris par la Bourgogne ; une forte redoute avait été construite par les républicains dans le bois de la duchère ; elle était soutenue par trois pièces de douze, quatre obusiers et 800 hommes d'infanterie.

Le reste des troupes cantonnées à Charbonnières, Dardilly, St-Didier au Mont-d'Or, St-Rambert, St-Cyr, Gollonges, St-Romain, Couzon, formaient plus de 10,000 hommes de troupes de lignes, sans compter les gardes nationales de la Côte-d'Or, de Saône-et-Loire, etc.

Avant le départ de la Claire, Précy fit placer la cavalerie et l'infanterie en bataille dans les allées du parc, sous ces grands arbres, aussi beaux et anciens que ceux des Tuileries, et plantés comme eux de la main du célèbre Le Nôtre. Ce fut la cavalerie qui sortit la première par la porte joignant l'habitation du jardinier ; l'infanterie, l'artillerie, les bagages, la caisse militaire suivirent la même direction ; seulement la cavalerie longea un peu la Saône jusqu'à St-Rambert, où elle fut coupée. (Voyez la lettre).

(2) Reverchon, Châteauneuf-Randon et Maignet sont battus à Vaise.

Reverchon (Jean), négociant à Vergisson, fut député de Saône-et-Loire à la législature, et depuis à la convention nationale, où il vota la mort de Louis XVI, sans nul appel. Il présida les jacobins, et fut secrétaire de la convention, puis membre du comité de sûreté générale. Après la chute de la montagne, il fit certifier son civisme à la séance du 29 août 1793, par Barère, qui rendit compte que la sœur de ce député ayant été arrêtée avec ses enfans, les représentans près de l'armée des Alpes, les lui avaient envoyés devant Lyon, où il était alors en mission pour le siège, afin qu'il prononçât lui-même sur leur sort ; mais que Reverchon leur avait répondu : « Je ne suis point juge de ma sœur et de ses enfans ; je vous les renvoie ; décidez vous-même sur leur sort. J'ai plusieurs parens dans Lyon (entr'autres deux fils de cette même sœur) ; mais dussent-ils tous périr, je ne m'écarterai jamais de mon devoir. » Il n'y eut cependant qu'un seul de ses parens qui périt sur l'échafaud à Lyon, après le siège, et ce fut un vieillard de 62 ans : sa sœur et sa famille échappèrent à la mort.

La convention ayant à la fin fait cesser les massacres en cette ville, et les proconsuls Collot et Fouchet ayant été rappelés, Reverchon y fut envoyé une seconde fois, et suivit encore les principes des jacobins qu'il avait secondés de toutes ses forces pendant sa première mission. Devenu membre du conseil des cinq-cents, il en sortit; en mai 1797, il fut administrateur de son département; en mars 1798, il parut au conseil des cinq-cents, et en 1799, à celui des anciens. Il ne passa pas au corps législatif qui suivit le 18 brumaire, rentra dans l'obscurité, et reprit son commerce de vins. Il a quitté la France en 1816 comme régicide, et s'est réfugié en Suisse.

Châteauneuf-Randon (le comte de), nommé en 1789 député supplémentaire de la noblesse de la Sénéchaussée de Mende aux états-généraux; il y remplaça le marquis d'Apchier, démissionnaire, et embrassa le parti de la révolution. Il fut ensuite président du département de la Lozère, et député à la convention, où il vota la mort de Louis XVI; entra au comité de sûreté générale, demanda l'arrestation de Mme de Montesson et de la duchesse d'Orléans; et partagea les travaux révolutionnaires des départemens montagnards à Lyon, à Montbrison et dans les départemens voisins. Il dénonça les mouvemens insurrectionnels de l'ex-constituant Charrier, dans la Lozère; accusa les tribunaux de l'Aveyron et de Lozère, qui avaient acquitté ses complices, et demanda la révision de leurs jugemens. Après le 9 thermidor an II (27 juillet 1794). Il eut une querelle avec Fréron, et voulut se battre avec lui. Les habitans de St-Flour le dénoncèrent comme terroriste, et sollicitèrent la réparation des démolitions qu'il avait ordonnées dans leur ville. Après la session, il passa aux armées, y devint général de brigade, et dénonça, en octobre 1796, une conspiration formée dans le midi par des émigrés ou leurs parens.

En 1798, il fut nommé commandant de Mayence; et à la nouvelle que l'armée autrichienne victorieuse s'approchait de la frontière, il provoqua la levée en masse des habitans des départemens des Haut et Bas-Rhin. Cette mesure offensa Jourdan, sous le commandement duquel il était, et il fut suspendu de ses fonctions. Il publia la justification de sa conduite militaire, et fut remis en activité par le directoire. Après le 8 brumaire (9 novembre 1799), il devint préfet des Alpes maritimes.

Maignet (Etienne), né en Auvergne vers 1770, est le petit-fils d'un boucher. Il était avocat à l'époque où éclata la révolution; il fut nommé en 1790 administrateur du département du Puy-de-Dôme; et en 1791, député à l'assemblée législative, où il se fit peu remarquer.

Réélu à la convention nationale, il vota la mort du Roi sans appel; il devint ensuite l'un de ces proconsuls qui, sous le nom de représentans du peuple, portèrent l'épouvante dans toutes les contrées où ils furent envoyés. Après avoir préludé à Lyon, où il commença solennellement, avec Couthon et Châteauneuf, les travaux des démolitions, Maignet porta la terreur dans les départemens du Midi, et il obtint par ses sollicitations auprès du comité du salut public, et surtout de son ami Cou-

thon ... à Orange une commission révolutionnaire ; et il la com-
... brigands d'Avignon, et lui imprima aussitôt la plus
...rité. Mécontent de la guillotine, il voulut détruire en masse ;
... de la liberté ayant été coupé hors de l'enceinte de Bédouin,
... à trois lieues de Carpentras, il en proscrivit les habitans, ainsi
... des communes voisines ; organisa une commission semblable à
... Orange pour les juger, et ordonna, par arrêté du 17 floréal (6 mai
...) de livrer la ville aux flammes. Cette horrible sentence fut exécutée
... le quatrième bataillon de l'Ardèche.

... La convention approuva la conduite de Maignet, et réitéra même cette
...probation un mois après le 9 thermidor (17 juillet 1794), lorsqu'il fut
...noncé par des pétitionnaires du Midi ; mais la montagne perdant de
...lus en plus de ses forces, Maignet fut encore attaqué le 5 décembre par
...s habitans de Bédouin, dont Goupilleau de Montaigu appuya vivement
... déposition.

... Le 6 janvier 1795, il présenta à la tribune ses moyens de défense ; ex-
...posa que deux fois la convention avait approuvé sa conduite, et qu'avant
...d'exécuter les mesures qu'il avait prises contre Bédouin l'anéanti, il les
...avait soumises au comité ; il ajouta des détails qui annonçaient l'explo-
...sion prochaine d'une VENDÉE dans le Midi, et qu'il crut devoir compri-
...mer dès sa naissance par une mesure de terreur.

... L'examen de sa justification fut renvoyé aux comités. Maignet fut dé-
...crété d'arrestation le 5 avril, sur la proposition de Tallien, comme l'un
...des fauteurs de l'insurrection du 12 germinal.

... Dans un rapport du 5 décembre, Goupilleau assura avoir compté plus
...de 500 individus livrés par Maignet à la guillotine, et avoir fait combler
...à Orange une fosse pleine de 500 cadavres, et deux autres que Maignet
...avait fait creuser pour en recevoir douze cents. La chaux était déjà pré-
...parée pour les consumer. Il rapporta en outre « qu'une jeune fille de 18
...ans étant venue l'implorer en faveur de son père, il l'avait envoyée à l'é-
...chafaud, dès qu'il avait su qu'elle était du Bédouin. » Il avait ordonné à
...Marseille la confiscation et la vente d'une maison, dite Loge-des-Ecossais,
...parce qu'elle avait servi aux rassemblemens fédéralistes. Ce fait ayant
...été dénoncé à la convention, dans la séance du 16 germinal (avril 1795),
...sous la présidence de Petit de la Lozère, cette assemblée cassa l'arrêté
...rendu par Maignet, et ordonna la levée des scellés et du séquestre.

... Compris dans l'amnistie de 1796, Maignet reprit ses fonctions d'avocat,
...qu'il a exercées pendant dix-huit ans avec zèle et succès. Il fut nommé
...maire de la petite ville d'Ambert, où il résidait, et se rendit agréable aux
...habitans. Sa maison était le rendez-vous d'une assez bonne société. On le
...croyait guéri de sa fièvre révolutionnaire, et ses concitoyens rejetaient ses
...excès sur sa jeunesse, lorsqu'on le vit effrayé de l'apparition des Bourbons,
...rentrer dans la carrière politique, en figurant à la chambre des représen-
...tans pendant les cent jours de 1815. Il a été compris dans la loi contre
...les régicides, et a quitté la France dans le courant de 1816.

(3) C'est à la sortie des Lyonnais qu'on vit ce jour-là même quantité de faits d'armes héroïques, après la charge qu'exécuta le valeureux comte de Virieux qui y fut blessé mortellement.

On vit près de lui un canonnier dont je regrette d'ignorer le nom, se trouvant dans l'arrière-garde ; ses compagnons venaient d'être tués ou dispersés. Laissé seul près d'une pièce qu'il servait avec autant d'habileté que de courage, soudain il est entouré d'un escadron de cavalerie, et sur sa gauche s'avance encore un bataillon d'infanterie : que faire ? Ne pouvant plus résister à tant de chocs répétés, il pointe sur eux le seul coup de canon qui lui restait à tirer, et porte ainsi le désordre dans les rangs de l'infanterie. On lui crie de se rendre. — Non, morbleu ! un muscadin lyonnais sait mourir avant tout !

Enveloppé par l'escadron au moment qu'on s'élance sur lui pour le saisir, ou le sabrer, ce moderne Samson met le feu au caisson qui est à ses côtés, et meurt glorieusement en faisant du moins périr et sauter avec lui cavaliers, fantassins, jusqu'à une pépinière ou plantation qui avoisinait le chemin. Des ennemis mêmes ont fait l'aveu de ce précieux témoignage.

Quelques heures après, vers les dix heures du matin, à la redoute placée à l'avenue des Machabées, sur le coteau de St-Just, les bataillons de l'Ardèche, et les débris de celui des Allobroges réunis, s'avancèrent par Trion sur Lyon, comptant sûrement entrer, vu qu'on avait évacué tous les postes, et que d'autre part, la sortie de Vaise les rassurait assez. Ils s'avancent donc joyeux et sans ordre, à qui entrerait le premier sur cette direction. Un Lyonnais n'a pas voulu fuir : c'est encore un canonnier ; il ignorait peut-être même la sortie. Ses camarades, plus prudens, l'exhortent en vain. Fuis, lui crient-ils, quitte ton uniforme : tout est perdu ! Il est sourd à leurs instances ; il reste seul ; l'ennemi se présente. Ah ! ah ! messieurs les ennemis, vous paraissez bien gais aujourd'hui : voyons qui dansera le mieux. Aussitôt il charge son canon à mitraille, le tire, abat quatre-vingts ennemis ; le reste épouvanté recule précipitamment en désordre ; et mon brave encloue de sang-froid sa pièce, laisse là son habit dépécé, rentre en ville, d'où il ne pouvait plus sortir. Mais si l'on a ignoré depuis ce qu'il est devenu, on sait toujours que c'est un brave qui le jour de l'entrée partielle de l'ennemi à Lyon, tira sur lui le dernier coup de canon qui a retenti long-temps dans nos murs aux oreilles des cruels républicains.

(4) M. de Clermont-Tonnerre le jeune, qui commandait un détachement à la sortie de Vaise, et qui fut depuis fusillé à la place de Bellecour, est parent de M. de Clermont-Tonnerre, ministre actuel de la guerre.

(5) Burtin-la-Rivière (Voyez la lettre), commandait en chef sous de Précy.

(6) Les troupes de Limonest ne décampèrent point, de peur de n'être pas aussi bien fortifiées ailleurs. Elles n'envoyèrent aux leurs que des détachemens de renfort.

(7) Restier rallie trente chasseurs épars, et bat une colonne qui les poursuivait, les force eux-mêmes à la retraite.

(8) Les villages de St-Cyr et environs cessent de sonner le tocsin.

(9) Poleymieux, soutenu d'un gros de cavalerie, fait feu sur les Lyonnais. Malgré ce feu, on mit en fuite les paysans.

(10) Chasselay est réduit au silence par la bonne contenance des Lyonnais.

(11) Le village d'Alix aceueille les Lyonnais; ils passent cependant la nuit dans les bois; une partie de l'état-major y est surpris par un détachement de hussards et de paysans armés; on emmène à Lyon les victimes de leur trop de sécurité.

(12) Ils sont bien reçus à Bagnoles.

(13) St-Vérand fait feu sur eux; les habitans forcenés, hommes, femmes et enfans, poussaient des cris affreux.

(14) St-Romain de Popé est le théâtre fatal où les traîtres doivent s'embusquer pour investir et égorger les Lyonnais.

(15) Avoges est occupé par l'ennemi.

(16) Ancy l'est aussi par leur cavalerie qui cherche à leur couper toute retraite.

(17) Quatre-vingt-dix hommes se défendent contre 2,000.

(18) On donne un nouveau nom à Précy pour le sauver.

(19) Le jeune et inestimable Audras, de concert avec Schmidt, le forcent à se cacher dans le bois.

(20) Audras tue vingt républicains, indigné de leur trahison, avec le tromblon qu'il avait caché sous son habit, en cas de besoin.

CINQUIÈME CHANT.

Hélas ! depuis deux jours, Lyon aux ennemis
Redoutait la terreur qui tenait tout soumis ;
Et sous son bras de fer l'implacable anarchie,
Tout en montrant du pain, en voulait à la vie.
Qui n'est parqué sous toi, dénonciation ?
Le probe caché tremble, Argus fait faction.
    Infortunés guerriers, rapprochés de ma vue (2),
M'offrirez-vous ici cette ville éperdue !
Sur les corps des tyrans vous marchiez nuit et jour :
Et que fera Lyon, objet de votre amour ?
Vos temples, vos autels seront le prix des crimes...
    Couthon jouit alors d'immoler des victimes (3) ;
Ce traître à tout pays, l'est à la terre, aux cieux :
Voyez-le menacer de ses barbares yeux
Les monumens des arts, disant : nos lois t'ordonnent
De tomber sous les coups que nos marteaux te donnent.
Tout monument frappé tombe au nom de la loi :
Ciel, quel monstre effrayant ! d'où lui vient cet emploi ?
Nos maisons sont en deuil ; il n'est ni quai, ni place,
Qui ne sente les coups de sa féroce audace.
Fiers *Javogues, Gauthier, Saint-Just, Collot, Randon* (4),
Que vous ont fait ces murs ? A toi, cruel *Couthon !*
Pourquoi tout renverser, en t'adjoignant des aides
Pour servir ta fureur ? Où seront les remèdes ? ....
Pourquoi, barbare affreux, dresser des échaffauds ?
Tu souris à ce mot ! mais où sont les bourreaux ?
C'est toi, vil scélérat ! et la terre te porte !
Tu parais ! d'assassins tu guides la cohorte !
Entends sous les verroux de lugubres sanglots !
Que t'ont fait ces enfans, innocens de complots ?
Ces pères dénoncés, ces mères défaillantes ?...
Veux-tu donc dévorer des victimes sanglantes ?
Ces lambeaux désossés seront, oui, ton festin.
Tu sus boire le sang : on dira ton destin....
    Sors du fond des cachots, Clio, vas sur tes ailes
Loin, porter nos lauriers et ces récits fidèles.

[illegible] *Collot*, le fer ensanglanté.
[illegible] forfaits au monde épouvanté:
[illegible] de *Challier* l'horrible apothéose (5);
[illegible] lyonnais que sa tombe on arrose;
[illegible] revêtu d'habits sacerdotaux,
[illegible] consacrés, mître, crosse à son dos;
[illegible] ant à sa queue Evangile et calice;
[illegible] sur place et quai leur terrible malice,
[illegible] malgré lui, le rebelle animal (6)
[illegible] un sacré ciboire; et leur cœur infernal
[illegible] le forfait, jette au sein de la flamme
[illegible] dieu adoré dans un bûcher infâme (7).
[illegible] Ce sacrilège encens s'élève vers le ciel.
[illegible] Dieu! tu le vois, ce cortége cruel!
Et tu retiens tes feux, ta foudre vengeresse!
D'une averse, est-ce assez pour prouver ta sagesse (8)
Sur de barbares gens, d'infâmes assassins?
Mais dois-je critiquer tes lois et tes desseins?
Tu voulus des martyrs, des vertus immortelles.
Je bénis tes décrets et tes lois éternelles.
Louis, le Roi martyr, a vu trop de forfaits;
Courage, il vous appelle: — à moi, preux Lyonnais!
Vous mourez pour mes droits, et j'en ai l'assurance;
Comme moi, pardonnez aux bourreaux de la France;
Montez aux cieux, amis, léguez à vos enfans
Ces doux mots: *Je pardonne*, en tous vos testamens.
Mon bras n'est plus mortel, il brille, il vous couronne;
Je suis content de vous, prenez place à mon trône!
Cent bourreaux vont frapper interrogeant le sort:
Que d'innocens proscrits vont aller à la mort!
Voyez ces ravisseurs, aux cris de guillotine,
Assouvir par le sang leur fureur intestine.
Rhône honteux, frémis dans tes flots courroucés,
Rends à tes bords sanglans les corps morts entassés!
Viens, perfide *Fouché*, qu'avec toi tout conspire (9);
Laporte est ton adjoint, l'ami *Challier* t'inspire (10)...
Cours, venge son trépas, *vingt-quatre scélérats* (11)
Vont servir tes desseins: ce sont tous des *Marats*.
Comme les délateurs, comités de séquestres;

Frappe ici par milliers négocians et prêtres ;
Rien ne doit t'échapper, sanglant *Caméléon.*
Promets pardon, trahis, espère au Panthéon.
Mais où vont ces captifs ? ciel ! à la fusillade (12) !
Deux à deux enchaînés, d'horreur tout rétrograde !
Républicain cruel, tu souris et tu vois
D'un œil de vrai plaisir tes criminelles lois !
　　Réclamez votre époux, un frère, un fils, un père ;
Femmes, enfans, pleurez, ils sont morts à la terre.
Ciel ! il est temps, je crois, finis-là nos malheurs ;
Jetons un voile épais sur ces scènes d'horreurs.
Vers des récits plus doux portons notre mémoire ;
Les temps reproduiront nos arts et notre gloire.
Lyon, cesse tes pleurs, le ciel voit tes vertus,
Tes vœux sont exaucés, tes tyrans abattus ;
Pour ton bonheur enfin va finir la tempête.
Interroge les arts : Minerve est l'interprète.
　　Fuyez, vils proconsuls, nouveaux Catilina (13) !
Allez grossir ailleurs les crimes de Sylla...
Loin de nous les Nérons, pour eux sera la chaîne
Que forgea contre nous leur engeance inhumaine.
Sortez de votre exil, fils de l'adversité (14) ;
Revenez, Lyonnais, réparez la cité.
Rassurez, embrassez vos familles craintives ;
Venez jeter des fleurs, et pleurez sur ces rives.
Qu'au plus sublime effort, au dévoûment si beau
L'on élève à grands frais dans ces lieux un tombeau.
Là, l'ombre des peupliers et les funèbres saules,
Contre tout malfaiteur porteront ces paroles :
« Passant, qui que tu sois, arrête ici tes pas ;
» Respecte le malheur des héros au trépas. »
Accourez, Lyonnais, vous, ames généreuses,
Aux ossemens blanchis des vertus malheureuses.
Ouvrez, dis-je, aussitôt un immense cercueil :
Là, quel pieux concours de Lyonnais en deuil,
Déplorant la valeur que la terre dévore,
Et des lauriers sans tache éclipsés à l'aurore.
Tout redit tour-à-tour en ces funèbres lieux,
D'amitié les regrets et d'impuissans adieux !

Tel Israël captif, Jérusalem tombée,
Pleurait sur ses guerriers morts avec Macchabée.
Tels sont les Lyonnais offrant à leurs amis
Des chants d'expiation, l'œil en pleurs et soumis :
On disait, opposant nos héros à tant d'autres,
Comment, mort, as-tu pu moissonner tant des nôtres
Combien de jours fameux donnés pour les Bourbons !
Et toi-même as frappé preux, courageux et bons.
    Beau ciel, entends nos cris, toi, terre, fais silence !
Le chœur entonne alors la prose de souffrance.
Soudain un *Labarum* paraît brille dans l'air (16).
Contemplez de vos yeux ce signe heureux et clair,
Doux présage de paix qu'un Dieu bon vous présente ;
Vous jouissez, mortels, dans cette heureuse attente.
    Toi, signe du malheur, tu cessas d'exister (17),
Quand la réaction au deuil vint insulter.
Ah ! d'autres jours ont luî, plus la foudre ne gronde ;
La légitimité donne la paix au monde (18).
Oui, calmez vos accens, ô mânes douloureux !
Le lis a refleuri : CHARLES DIX à nos vœux (19)
S'intéresse, en posant la pierre funéraire,
Pour ce temple embelli de la vertu guerrière,
Qui dira de nos preux, dans un bel avenir :
Pour leur Dieu, pour leurs Rois, ont su vaincre et mourir !

NOTES DU CINQUIÈME CHANT.

(1) Les républicains ne pénétrèrent dans nos murs que depuis le jour de la retraite. C'est un fait constant.

(2) On ramène dans les fers les malheureux qui n'ont pas été égorgés.

(3) Le cul-de-jatte Couthon immole bientôt à sa rage quantité de personnes honnêtes. (Voyez la biographie ci-jointe des Couthon, Javogues, St-Just, Collot, Randon).

(4) Couthon (G.), dit le Caton des clubs, né à Orsay (Puy-de-Dôme), en 1736 fut avocat à Clermont, et président du tribunal de cette ville. Il fut depuis député à la législature et à la convention. Il fut un des plus chauds révolutionnaires. Lorsque Louis XVI se rendit à l'assemblée le 5 octobre 1791, Couthon demanda que chaque membre pût demeurer levé ou assis à volonté, et qu'on supprimât, en parlant au Roi, les mots de SIRE et de MAJESTÉ.

Le 7 octobre il dénonça les prêtres réfractaires (*insermentés*), et voulut que les noms des dénonciateurs ne fussent pas inscrits au procès-verbal. Le 20 il déclara MONSIEUR (feu Louis XVIII) déchu de ses droits à la régence ; signala les royalistes du camp de Jalès ; provoqua l'admission à la Barre des 40 soldats de Château - Vieux, délivrés des galères où ils avaient été envoyés pour l'affaire de Nancy. Le 7 janvier 1792 il parla contre le *véto* accordé au Roi par la constitution ; le 29 mai avec *Basire*, il attaqua la garde constitutionnelle du Roi : « le moment est venu où l'assemblée doit déployer un grand caractère. Il existe une grande conspiration, dont le fil est, dit-il, aux Tuileries. »

Prudhomme rapporte que Couthon prenait les bains aux boues de St-Amand, lors de la journée du 10 août 1792; mais que ce fut dans l'appartement qu'il avait à Paris, que St - Just, Danton, Marat, Pétion, Robespierre, etc., se réunirent pour y préparer cette conspiration. Dès la 1re séance à la Convention, le 21 septembre 1792, Couthon préjugea l'abolition de la royauté. Il l'engagea depuis, en décembre, à juger Louis XVI; vota sa mort sans sursis à l'exécution. Couthon, contrefait et boiteux, eut seul le privilége de parler assis et sans être interrompu. Son crédit date de la chute des Girondins. Il ne se joignit à eux que pour les perdre. Le 1.er mai il accusa les pétitionnaires du faubourg St-Antoine; fit arrêter que l'appel nominal pourrait être obtenu par cent membres. Le 27 mai, il attaqua la Gironde et le président Isnard qui refusait la parole à Robespierre, et fut du comité du salut public. Le 31 mai, il attaqua Guadet et les siens; il devint aussitôt le rapporteur de Robespierre; il offrit alors de se rendre en ôtage à Bordeaux pour y répondre des députés incarcérés. Il s'opposa à l'institution des jurés, la traitant de beau rève; fit décréter que le 31 mai avait sauvé la patrie; fit déclarer traîtres Biroteau et les siens ; accusa Buzot et Barbaroux d'avoir envoyé Charlotte Corday pour assassiner Marat, et provoqua l'arrestation des députés du Calvados. Le 21 août, il est envoyé à l'armée des Alpes et de Lyon, et dès son arrivée, il amène 60,000 hommes pour en hâter le siége. Il défendit Châteauneuf - Randon, l'un des commissaires près cette armée, et rejeta sur Crancé et Ganthier (de l'Ain) les lenteurs du siége. Il présida au supplice des Lyonnais. Il se fit porter en fauteuil sur la place Bellecour pour exécuter le décret de la démolition de Lyon ; « Les superbes façades de cette place seront les premières détruites, afin d'humilier, disait-il, l'orgueil des Lyonnais. » Aussi y porta-t-il le premier coup avec un marteau d'argent, aidé de Châteauneuf - Randon, en disant : « Je te condamne à être démolie au nom de la loi. » De retour à Paris, il obtint pour les cendres de Challier les honneurs du Panthéon. Le 21 janvier 1794 il fut élu président, et pour célébrer la mort de Louis XVI il demanda la réunion des départemens; il fit traduire en toutes les langues le rapport de Robespierre sur l'institution de l'Etre-Suprême; puis il parla contre l'athéisme; accusa les Hébertistes et les Dantonistes de conspirer contre Robespierre; leur attribua le projet de sauver le Dauphin; accusa tous les Rois; déclara le gouvernement anglais coupable de lèse-humanité, et le ministre Pitt ennemi du genre humain. Il fait hâter les jugemens du tribunal révolutionnaire. « Il s'agit moins, » dit-il, de punir ses ennemis que de les anéantir. L'indulgence est » atroce, et la clémence parricide; celui qui veut soumettre le salut » public aux préjugés du palais, aux inversions des jurisconsultes, » est insensé ou scélérat; c'est tuer juridiquement la patrie et l'hu-» manité. Je vois, dit-il ailleurs, les ombres d'Hébert et de Danton » semer la division parmi les patriotes, et avilir les comités que l'on » peint dans les conciliabules secrets, sous les traits affreux des Sylla, » des Néron; mais les purs n'ont rien à craindre; ceux qui tremblent » ont eux-mêmes porté leur jugement. »

Au 8 thermidor (26 juillet), il attaqua Tallien et Bourdon de l'Oise. Il est à son tour accusé par Fréron, d'avoir voulu monter au trône sur les cadavres de ses collégues; je voulais me faire roi, moi!!! s'écria-t-il; il fut décrété d'accusation, et la force armée commandée par *Coffinhal* vint le prendre et le transporta à l'Hôtel-de-Ville; lorsqu'il vit qu'on allait le saisir il se frappa, mais légèrement, d'un poignard, et contrefit en vain le mort; toujours, s'il échappa aux coups du jeune Admiral, il fut enfin exécuté le 28 juillet 1794, et souffrit horriblement avant de mourir : sa construction singulière, une espèce de cul-de-jatte, et la contraction effroyable qu'éprouvaient alors ses membres gênaient tellement le bourreau pour l'attacher sur la planche de la guillotine, qu'il fut obligé de le *coucher sur le côté* pour lui donner le coup fatal; son exécution dura deux fois plus que celle des sept autres condamnés.

Javogues (Charles), né en 1759 à Bellegarde (Loire), était huissier avant la révolution. En 1792 il fut nommé député à la Convention dans le département de Rhône-et-Loire; vota la mort de Louis XVI sans appel ni sursis. Son défaut de talens l'éloigna bientôt de la tribune. En décembre 1793, il vint à Lyon avec des pouvoirs illimités, se réunit à Couthon et Chateauneuf-Randon; vengea la mort méritée de l'énergumène Challier dont il fut le panégyriste; rétablit la société populaire et les massacres; ainsi il prépara les voies à Collot-d'Herbois. Qui le croirait! le féroce Couthon lui même le dénonça au Comité du salut public et à la Convention comme ayant exercé ses pouvoirs en cruel Néron; mais ces deux hommes cruels se réconcilièrent et s'embrassèrent dans la Convention elle-même. Cependant Javogues professant toujours les mêmes principes après le 9 thermidor, se vit bientôt accusé le 13 prairial an III d'avoir été de la conspiration du 2 du même mois; il n'échappa pas alors à la juste punition de ses crimes que par l'amnistie du 4 brumaire an IV; mais enfin, arrêté dans la nuit du 23 au 24 fructidor, il fut livré à une commission militaire qui le condamna à mort, comme ayant été l'un des provocateurs de l'insurrection du camp de Grenelle : et il fut fusillé le 18 vendémiaire an V avec plusieurs de ses complices.

St-Just (Antoine-Louis-Léon), né à Decize, dans le Nivernais, en 1768, était fils d'un chevalier de St-Louis qui habitait Blérancourt, près de Noyon. Il achevait ses études à Soissons, lorsque la révolution éclata ; son ambition le fit bientôt nommer adjudant-major dans une légion de la garde nationale ; il se lia dès-lors et correspondit avec Robespierre, ce qui lui valut d'être nommé député à la Convention par le département de l'Aisne, il y montra une tête froide, une ame chaude, un caractère dur et une audace incroyable. Il prononça un discours violent contre Louis XVI, lors du procès, le 13 novembre 1792. Le 29, au sujet des subsistances, il proposa différentes mesures révolutionnaires, entr'autres la vente des biens des émigrés, un impôt foncier et une loi sur les grains. Le 16 décembre, il s'opposa à l'expulsion des Bourbons, motivant son opinion sur ce qu'il existait un projet, disait-il, de leur substituer d'autres Tarquins.

Il vota la mort du Roi sans appel ; fit mettre les Girondins hors la loi. Il fit décréter que le gouvernement révolutionnaire durerait jusqu'à la paix ; fit séquestrer les biens des étrangers dont le pays était en guerre avec la France. Il se rendit à Lyon avec Couthon, et destina des sommes pour acheter des traîtres ; et les postes de Ste-Foy, etc, lui furent vendus.

Rebuté des lenteurs de leurs succès, il part pour l'Alsace avec Le Bas. Les lignes de Weissembourg étaient forcées ; et les Autrichiens réunis à l'armée de Condé menaçaient Strasbourg. Les 2 proconsuls mettent la terreur à *l'ordre du jour*, taxent énormément les riches ! et l'échafaud est mis en permanence. De retour, St-Just présida la Convention le 19 février 1794 ; il envoie à la mort Brissot, Vergniaud, Guadet, Pétion, Camille Desmoulins, Fabre - Desglantines, Danton, Hérault-de-Séchelles, Phelippeaux, Lacroix, etc. Il publia le tableau des sommes données pour acheter l'alliance ou la neutralité de quelques États. La Cour de Constantinople seule avait coûté en diamans ou en numéraire 70 millions. Le 6 thermidor an II (26 juillet 1794), dans cette séance où Bourdon de l'Oise et Tallien menaçaient Robespierre ; celui-ci flottait incertain : le lendemain St-Just paraît avec audace à la tribune, et déclare que dût-elle être pour lui la roche Tarpéienne, il n'en dira pas moins son opinion ; il attaque les comités ; il est accusé avec le tyran ; il fuit avec lui à l'Hôtel-de-Ville ; mais on le saisit, et il fut exécuté le 28 au soir, âgé de 26 ans : il marcha à la mort avec sang froid.

En 1792 il avait parlé contre l'excessive émission des assignats, et avait appuyé le 11 février le projet de Crancé sur l'organisation de l'armée, en soumettant toutefois le militaire au conseil exécutif dont

il était membre. Il fut adjoint à Syès pour rédiger le projet de constitution. On a de St-Just un poème d'Organt, en 20 chants, 1789, 2
vol. in-8.; un autre plus lubrique en 1792; un ouvrage posthume sur
les institutions républicaines : cet écrit est incomplet, mais plein de
recherches curieuses. Le reste ne vaut pas la peine d'être cité.

Collot-d'Herbois (J.-M.) débuta dans la carrière théâtrale où il
eut peu de succès, il joua à Genève, à la Haye et à Lyon où il fut
souvent sifflé, aussi voua-t-il à Lyon la haine la plus cruelle. On
remarqua que le rôle qu'il remplissait le mieux était celui de tyran
dans la tragédie. Doué d'une assez belle figure, d'une voix forte et
audacieuse, il fut orateur des clubs dès que la révolution se ma-
nifesta.

Il publia, fin 1791, l'almanach dit du père Gérard, qui obtint le
prix des clubs, parce qu'il prouvait mieux que tout autre l'importance
de la nouvelle constitution. En 1792 il parla en faveur de 40 soldats
de Château-Vieux qu'il fit délivrer des galères. Le 10 juillet il accusa
Lafayette à la Barre, et osa aspirer au ministère. L'habit noir était
prêt, quand Danton le supplanta. Il fut néanmoins un des municipaux
du 10 août qui s'installèrent eux-mêmes et prononcèrent la déchéance
de Louis XVI. Voilà, dit-il alors, le faubourg St.-Germain qui va
être demain évacué, nous pourrons choisir nos hôtels; faisant allusion aux massacres de septembre auxquels il contribua. Nommé à la
Convention, il vota pour l'abolition de la royauté, la peine de mort
contre les émigrés, etc. Dans le procès de Louis XVI il siégea à côté
de Robespierre et vota la mort du Roi; envoyé à Orléans après le
prétendu assassinat de L. Bourdon, il provoqua des rigueurs contre
cette ville. Il passa pour le plus véhément et le plus sanguinaire des
Jacobins; aussi eût-il le surnom de tigre et de mitrailleur; il exhala
sa rage contre les Girondins, et au 31 mai 1793 il se déchaîna contre
Guadet, Louvet, le président Isnard; reprocha à Duchâtel d'être
venu malade voter en faveur de Louis XVI, etc. Il traita de conspiration le transport de la Convention à Bourges; s'éleva contre les communes qui réclamaient la liberté des détenus.

Le 13, il est élu président; on l'envoie bientôt en mission dans
les départemens de l'Aisne et l'Oise; il fait alors arrêter Garat, ministre de l'intérieur, et devient membre du comité du salut public. Il
s'opposa au projet de déportation : il faut détruire, dit-il, tous les
conspirateurs et miner leurs habitations; il défendit Desfieux et Chà-
teauneuf-Randon, et bientôt il eut converti Chantilly en une prison.

Le 1.er novembre il jura en partant pour Lyon que le Midi serait
bientôt purifié; rend compte à la Convention des honneurs funèbres
qu'il rendit à Challier; mande aux Jacobins de Paris, de choisir dans
leur sein des gens courageux pour hâter le jugement des Lyonnais,
et fait venir une colonne de l'armée révolutionnaire; organise les démolitions, les fusillades et mitraillades, pour suppléer à la lenteur

de la guillotine. Les échappés ou les blessés étaient achevés à coups de sabres, etc. De retour à Paris, il fut dénoncé à la Convention par des pétitionnaires lyonnais qu'on députa; il osa dire que le canon n'avait été tiré qu'une seule fois sur 60 des plus coupables pour les anéantir d'un seul coup; et s'adressant à ses collègues : « qui de vous » n'eût pas voulu tenir la foudre pour les anéantir d'un seul coup? » qui de vous n'eût pas voulu donner à la faux de la mort un mouve- » ment tel qu'elle pût les moissonner tous à la fois? » L'assemblée approuva ses mesures sanguinaires, et ordonna l'impression de son discours.... mais depuis il parut plus souvent à la tribune des Jaco- bins; il défendit Ronsin qui le servit en digne révolutionnaire dans sa mission à Lyon; fit un discours sur le découragement des patriotes; y annonce que Gaillard, le meilleur ami de Challier, s'était tué de désespoir : « Restons Jacobins, disait - il, restons montagnards, et » sauvons la liberté. » En janvier 1794 il attaqua Philipeaux et les amis de Danton; reprocha à l'auteur de l'écrit sur la Vendée, de divi- ser les patriotes, et de calomnier les généraux anti-Vendéens; qu'on devait enfin distinguer Camille Desmoulins (le vieux Cordelier) de son ouvrage; que c'était là ses débauches d'esprit avec les aristocra- tes; mais qu'il avait trop bien servi la république pour le frapper; qu'il n'oublierait pas la France libre et le procureur général de la lanterne. Et parlant contre le gouvernement anglais : c'est de cette tribune qu'il faut descendre en Angleterre : c'est l'or de Pitt qui fomente les mé- sintelligences entre les patriotes. Le 21 janvier, il proscrivit tous les Rois, fit l'éloge de Carrier et de Westermann qui, au 10 août, aidè- rent à jeter dans la poussière le trône et le tyran; ah! dit-il, c'eût été heureux pour lui qu'il fût mort dans ces jours glorieux : aujourd'hui on ne sait comment il finira. Il s'éleva contre la société de Sédan qui ménageait et tolérait les aristocrates comme des brebis égarées.

Le 23 mai 1794, rentrant chez lui à une heure du matin, le jeune Admiral lui tira deux coups de pistolet, mais le manqua. Barrère fit là-dessus un long rapport où il dit que Collot avait le premier pro- clamé la république. On l'applaudit surtout lorsqu'un certain Geof- froy, qui arrêta Admiral, parut devant ce monstrueux président, et Robespierre en fut jaloux. Leur haine éclata au 9 thermidor, et Collot fut le premier à dénoncer Robespierre; et un mois après il le fut lui- même par le Cointre, de Versailles, comme l'un des bourreaux de la France; mais on prit cela pour de la calomnie. Le 4 octobre, il fut accusé de nouveau par Legendre, comme complice de Robespierre, qu'il n'avait attaqué que par jalousie; enfin, le 27 décembre 1794, sur le rapport de Merlin de Douai, la Convention décréta qu'il y avait lieu à examiner la conduite de Collot, etc.; et sur celui de Saladin, on ordonna le 2 mars 1795 son arrestation provisoire. Collot allégua que le tout était préparé à la police générale dirigée par St-Just : Gar- nier de Saintes, Monestier, Thirion et Foussedoire prirent sa défense. Alors éclata l'insurrection jacobine du 12 germinal (1.er avril 1795), la Convention décréta la déportation de Collot à la Guyane ; six semaines après , une nouvelle insurrection exposa la Convention, qui ordonna que Collot et ses complices seraient jugés par le tribunal criminel de la Charente ; mais le courrier, porteur du décret, arriva trop tard ; il était déjà sur mer pour se rendre à Cayenne. A peine y fut-il arrivé qu'il souleva les noirs contre les blancs. On le renferma alors dans le fort de Sinamary ; un jour , dans un accès de fièvre chaude, il but une bouteille d'eau de vie, ce qui le mit à l'extrémité. Enfin, le 8 janvier 1796, au moment où on le transportait à l'hôpital de Cayenne, il expira dans des tourmens affreux, se reprochant ses crimes. (Relation du chanteur Piton.) Il jouissait d'une pension de 1200 livres. Collot avait publié quelques pamphlets et des pièces de théâtre , mais aucune ne mérite d'être citée.

(9) Fouché, cet ex-oratorien plein de talens, qui déploya tant de fureurs contre Lyon et Nantes, dans notre révolution, fut traité comme modéré. Bientôt Buonaparte l'appela au ministère de la police sous son consulat. Il s'acquitta de son emploi en homme fort habile , et sut prévenir beaucoup de troubles.

Depuis la restauration, il a été compris dans la loi des régicides, et s'est retiré en Italie avec sa famille, où il est mort , à Trieste, en 1823. Sans doute, revenu à de meilleurs principes, il a fini en chrétien , réconcilié avec l'Église romaine , détestant les erreurs et les crimes du passé. On dit qu'il fit envoyer dans le temps au congrès de Vérone des pièces utiles aux puissances alliées, pour découvrir et arrêter des conspirations projetées et tramées dans le secret.

(10) Laporte est ce conventionnel qui montra dans plusieurs discours tout le fanatisme révolutionnaire dont il était l'apologiste. Il porta l'audace de l'incontinence jusque dans une famille distinguée de St-Étienne dont il avait fait périr le chef. Là , il l'eût payé cher , s'il n'avait été escorté d'un gros de dragons , avec lesquels il put fuir. Sur la fin il s'humanisa , dit-on ; mais l'affaire de Grenelle lui fit, selon le bruit public du temps, partager la destinée des Cusset , des Javogues , des Bertrand.

(11) Parmi les représentans envoyés d'abord pour assiéger Lyon, Maignet et Châteauneuf-Randon furent destitués par la convention parce qu'ils ne faisaient périr que cinquante individus par semaine ; on ne conserva que Laporte, un de ces scélérats obscurs qui s'était déjà signalé sous le règne de Danton ; cela seul lui vaut bien un sinistre témoignage. On enjoignit aux trois proconsuls remplaçans vingt-quatre scélérats subalternes chargés d'exécuter les sentences de mort.

Vauquoi, Gaillard , Lefèvre d'Arras , Magat, Fusil, Bouquet , L'héret, Boissière, Darnau, Logier, Fournier, Marino , Duhamel, Lemoine , Descamps, Jouhamet , Tacheux, Jacqueminet , Reverchon, etc. , suivent de près Collot et Fouché; ils sont morts bien tristement : un d'eux a été dévoré vivant par les vers.

Le premier acte des représentans fut d'instituer à Lyon un comité temporaire de surveillance qu'ils composèrent de trente-deux jacobins de Paris, dont ils firent deux sections : la première avait l'ordre de faire placer la guillotine sur chaque place publique ; l'autre devait ravager les campagnes environnantes. Fouché établit les comités de séquestres, de démolition, et les comités révolutionnaires.

Les juges tenaient séance depuis 8 heures du matin jusqu'à 8 heures du soir ; de ces tribunaux dépendaient la vie et la fortune des citoyens ; on notait les maisons à démolir, les personnes à dépouiller et à égorger.

Il y eut aussi des comités de dénonciations ; dix écus étaient le tarif ordinaire, et si la personne était noble, prêtre, savante, fonctionnaire, etc., le prix était double.

Fouché annonçait partout que l'or dans les mains des traîtres, pouvait leur servir à endormir leurs juges et les lois, qu'il n'y avait d'autre moyen que de les faire condamner et à s'emparer de leurs biens. Aussi fallait-il des sommes immenses pour subvenir à tant d'infâmes dépenses ; et les listes de proscriptions sans cesse multipliées suffisaient à peine pour assouvir leur rage, le sang coulait trop lentement.

Quelle infatigable activité ne vit-on pas paraître partout à leur voix : cinq mille ouvriers étaient employés à démolir les édifices. En deux mois, près de six cent maisons sont abattues ; les magnifiques façades de Belle-Cour frappées par Couthon, s'écroulent aux cris de vive la république ; nos places, nos quais n'étaient pas exempts du régne affreux de l'extravendalisme. La ligne immense d'édifices qui s'étend du quai de la Baleine jusqu'à Pierre-scise, ainsi que le château de ce nom, ont disparu ; des rues entières sont tombées sous le marteau destructeur. A chaque pas on marchait sur des ruines, et les triumvirs ne sont pas satisfaits !!! Vingt-trois bâtimens élevés masquaient à ces assassins la place des Terreaux, où l'échafaud était en permanence ; les propriétaires et locataires sont sommés sous peine de mort de vuider dans vingt-quatre heures les appartemens : on vit des femmes, des vieillards, des enfans trainer leurs meubles et leur linge, avec autant de précipitation que s'ils les eussent arrachés à un incendie.

L'or, l'argent et les effets les plus précieux ont été engloutis dans le gouffre conventionnel ; les soldats assiégeans ont été même contraints de remettre aux représentans le buttin qu'ils avaient fait, et n'ont eu que 150 livres en assignats. Un décret de la convention portait qu'il serait démoli cent maisons par mois, outre celles des nobles et des riches ; et la rage des représentans en dépassait le nombre.

A Marseille, à Bordeaux, à Toulon, à Caen et surtout à Montbrison on démolissait aussi en vertu des lois.

A Lyon, TONDEIX de Clermont-Ferrand s'était fait nommer DIRECTEUR-GÉNÉRAL DES DÉMOLITIONS D'ÉDIFICES FÉDÉRALISTES ET

ARISTOCRATIQUES DE COMMUNE-AFFRANCHIE. Il courut à Paris à la fin de ses travaux, pour solliciter une place à la commission des subsistances, et donna pour preuve de son patriotisme ces titres aussi barbares qu'extravagans.

La république dépensait 400,000 livres par décade pour ces démolitions; et, qui le croirait! dans l'espace de 150 jours les représentans ont déprédé plus de vingt-cinq millions.

Que d'ouvriers honnêtes réduits à la misère par les ordres de Fouché ont été obligés, pour ne pas périr de faim, d'aller démolir souvent même leurs propres habitations: non contens de prêcher le pillage, les triumvirs l'exercèrent à tel point que dans un mois ils mirent sur la paille plus de 300 familles. Fouché et ses satellites insultaient à la détresse publique par un luxe vraiment oriental, tout en rappelant sans cesse dans leurs discours Lycurgue et Solon, vantant la pauvreté, prêchant l'égalité, ils nageaient dans l'or, habitaient autant de palais où brillaient les dépouilles de tant de malheureux Lyonnais.

TRIBUNAL RÉVOLUTIONNAIRE.

(12) Une commission de cinq juges est créée avec l'horrible privilége de vie et de mort sur les citoyens.

Parrein, Corchand, Lafaye et Brunières sont choisis par Fouché.

La figure, l'air, le costume, chez eux tout épouvante: des plumets couleur de sang, ornent leurs bonnets rouges; ils sont en uniforme, un large sabre pend à leur côté, deux pistolets armés sont à leur ceinture, au milieu est une hache dont le tranchant et la poignée de fer glacent de terreur l'accusé.

Le président est assis sur une espèce de fauteuil recouvert d'un tapis tricolore, semé de bonnets de liberté; il s'appuie sur une table où l'on voit une pipe, un encrier et quelques bouteilles; de chaque côté sont deux juges, au milieu le greffier Larné écrit le nom de l'accusé, toute la salle est entourée d'une barrière à hauteur d'appui, derrière n'entrent que les dénonciateurs les sansculottes et les soldats. On fait asseoir l'accusé sur une sellette; deux gendarmes sont debout à ses côtés; derrière lui est le guichetier introducteur attentif au signal que les juges doivent donner. A diverses distances de la salle sont élevés des faisceaux d'armes.

C'est au milieu de cet effrayant appareil qu'on procède à l'interrogatoire: le détenu est amené, quelquefois libre de sa personne, souvent enchaîné. Ton nom, ta profession! qu'as-tu fait pendant le siége! es-tu dénoncé..... On vérifiait les réponses d'après les pièces envoyées au tribunal par la commission temporaire; quelquefois on ne lui donnait pas le temps de répondre, son arrêt de mort est sur sa figure: s'il pâlit ou non, il est coupable. Le président met la main sur la hache, ce signe indique la guillotine ; ou bien se touche le front pour désigner la fusillade ; s'il étend le bras sur la table, ce qui arrivait très-rarement, l'accusé était mis en liberté. Depuis on ajouta pour preuves deux registres placés sur la table, l'un devant le président Parrein, l'autre devant Corchand : le premier inscrivait l'acquitté, l'autre le condamné : à un autre, crie le greffier .... On entraîne l'accusé ; un deuxième puis un troisième lui succède : toutes les dix minutes sept infortunés sont inscrits, interrogés et condamnés.

Plusieurs ignorent l'arrêt du juge, souvent dans ce moment terrible la frayeur les a saisis, ils n'ont pu distinguer le signe du président ; de retour dans la prison, leurs compagnons s'empressent de les interroger ; ils ne peuvent répondre ...

On entend le bruit des clefs, les portes s'ouvrent, ce sont les gendarmes qui viennent les chercher pour les conduire à l'échafaud.

Fouché et ses collégues accusent les bourreaux de lenteur.

Collot trouva un moyen plus expéditif que tout autre, ce fut la canonnade : aussi elle obtint la préférence.

Soixante-neuf jeunes gens sortent de Roanne, pour aller périr sous l'essai du supplice de la canonnade, on les conduit aux Brotteaux.

Arrivés sur le champ de mort, on les lie à des poteaux fixés parallèlement en terre ; devant et derrière eux sont des fossés creusés pour renfermer leurs corps ; une haie de soldats bordait chaque ligne en dehors des fossés, et menaçait du sabre et du fusil quiconque aurait tenté de s'écarter de la direction de la mitraille ; le lieu du supplice large d'environ trois pieds, se trouvait entre les deux fossés. Là, ils étaient liés deux à deux à la suite les uns des autres. Derrière eux, à dix pieds de distance, cinq canons chargés à mitraille vont terminer leur vie. Malgré cet effroyable appareil, rien ne peut intimider ces jeunes victimes, les cris de vive le Roi échappent de leur bouche, ils font encore entendre ce refrain courageux :

Mourir pour sa patrie
Est le sort le plus beau, le plus digne d'envie.

Le cri de vive le Roi est leur dernière prière à l'éternel. Aussitôt l'horrible décharche les interrompt et disperse au loin leurs membres fracassés ; beaucoup ne sont que blessés, des ruisseaux de sang coulent dans le fossé, des gémissemens percent à travers le bruit de la fusillade qui s'unit au canon pour achever leur destruction. Enfin, des soldats féroces, dignes satellites de Collot et Fouché ; franchissent les fossés, et à coups de sabres, ces atroces égorgeurs achèvent les malheureux mutilés : le carnage dure plus de deux heures consécutives.

Placés sur un balcon en face du lieu de l'exécution, Fouché, ses infâmes collégues et des prostituées repaissent leurs yeux de cette scène de carnage et y applaudissent par la joie barbare qui brille sur leurs visages.

Nos triumvirs étant de plus en plus altérés de sang, il leur faut de nouvelles scènes de carnage plus épouvantables encore.

CHAINE DES DEUX CENT NEUF.

Deux cent neuf jeunes gens des meilleures familles de Lyon et des environs sont incarcérés : les trois représentans veulent donner une fête aux patriotes, ils décident leur supplice, on les juge en masse le même jour : leur état, un geste, un mot, un défaut ou trop d'assurance, un seul regard, un simple trait malheureux sur le visage, produisent pour chacun un arrêt de mort.

A huit heures du matin le geolier leur annonce qu'on va les transférer ailleurs, ils sont dans la joie, tant le malheur aime à se tromper ! douze cents gendarmes les attendaient à la porte : néanmoins deux ont pu fuir pendant ce trajet ; c'est au milieu de cette haie de soldats qu'ils arrivent à la place des Terreaux : ils s'arrêtent devant l'Hôtel-de-Ville où l'huissier C. leur lit leur sentence de mort, motivée sur ce qu'ils avaient conspiré contre la liberté en trahissant la république etc., à ces mots des voix confuses protestent hautement : c'est faux..... on ne nous a pas même interrogés, on nous juge sans nous entendre..... A la mort, s'écrie la populace des Jacobins..... en avant, disent les gendarmes.... le tambour bat, et ils s'acheminent vers le Pont-Morand, en chantant, etc. (voyez le chant funèbre.)

Arrivés non loin des bords du Rhône, au lieu même du monument expiatoire, c'est là que périssent ces généreux martyrs. On leur lie les mains derrière le dos, ils sont attachés à des saules plantés alors le long de cette plaine. Aussitôt le canon des artilleurs de Valencienne tonne et balaye en un instant cette longue file de héros.

La terre est couverte de leurs membres mutilés. Quelques-uns qui n'étaient que blessés légèrement, ou ayant leurs liens rompus par la mitraille, s'efforcent de fuir, et sont sabrés par les dragons de Lorraine.

Trois ont feint d'être morts et ont pu fuir pendant la nuit. L'un d'eux était du quartier de St-Just ; il se réfugia à l'étranger, et ne revint qu'un an après. Alors seulement les affaires changeaient de face ; il lève à la Mairie son acte de décès, et se présente chez sa femme qui venait de passer à de nouvelles noces, le croyant réellement mort.....

Une balle en emportant le poignet de l'infortuné Merle, ex-constituant, maire de Mâcon, l'avait dégagé de ses liens ; il en profitait pour fuir. Déjà il avait fait un assez long trajet dans la campagne, les groupes s'étaient ouverts pour lui donner passage, les volontaires ne bougeaient pas, les dragons délibéraient, lorsqu'un détachement de la cavalerie révolutionnaire se mit à sa poursuite, l'atteignit et le fit périr sous ses coups.

Sur les bords du Rhône plusieurs autres s'enfuyaient. Un de ces malheureux s'étant échappé par miracle, et grièvement blessé, se sauvait du côté du bois de la Tête-d'Or; une personne le voyant dans cet état, lui offrit son bras et le couvrit de son manteau : tous les deux sont découverts, ramenés et fusillés sur-le-champ. Deux ou trois autres également atteints demi-heure après la fusillade, furent hachés à coups de sabre par les dragons de Lorraine; la plus grande partie n'ayant eu que les membres fracassés, furent fusillés de nouveau, et les féroces assassins les retournaient à la fin pour s'assurer de leur mort, et pour en être plus certain encore on en jeta en quantité dans le Rhône.

Malgré tant de férocité, quelques-uns respiraient encore; deux entr'autres eurent assez de force pour contrefaire les morts et nager ensuite; ils arrivèrent à un banc de gravier; là, ils tendent des mains suppliantes : les cavaliers passent le fleuve, les achèvent, et leurs corps sont la pâture des corbeaux. Cette affreuse exécution a duré deux heures, au lieu d'une demi-minute, comme osa le dire Collot-d'Herbois à la Convention.

Quel plus horrible aspect que celui de voir tant de victimes innocentes périr attachées à des arbres! les unes au signal donné ont les bras, les mâchoires ou une partie de la tête emportés dès les premiers coups. D'autres tombent expirantes ou se relèvent en se débattant. On entendait l'affreuse et lamentable prière retentir de toutes parts, jusqu'aux rives opposées du Rhône : achevez-moi, de grace, au nom de Dieu; mes amis ne nous faites pas tant souffrir : lorsque la cavalerie achève les uns et les autres à la course.

Le lendemain on trouva deux de ces infortunés qui respiraient encore : les fossoyeurs et les citoyennes AU SUCRE, qui allaient dépouiller les mourans, terminèrent à coups de pioche et de pierres leur douloureuse agonie. L'on compta les corps de ces infortunés, et l'on en trouva 213 au lieu de 209.

Mais pendant que le canon destructeur moissonnait les Lyonnais dans les plaines des Brotteaux, le rasoir républico-national les décimait sur la place des Terreaux et ailleurs; et comme les cadavres devenaient trop nombreux, Fouché les fit jeter dans le Rhône, pour porter dans la Méditerranée, ainsi que la Loire à l'Océan, les monceaux de corps morts immolés à leur fureur. Ainsi s'accomplissait le souhait de Barrère qui disait à la Convention : Puissent les cadavres des traîtres de Lyon, aller porter l'épouvante dans l'ame des Espagnols et des Anglais.

Pendant près de deux semaines les eaux du Rhône parurent ensanglantées. Chaque jour le fleuve rejetait sur ses bords quelques corps morts que les corbeaux venaient ensuite dévorer. « Les chevaux employés à remonter les bateaux, reculaient d'épouvante et d'horreur, » dit le docte abbé Guillon; la navigation en était interrompue,

(57)

» et les habitans de ses rivages infectés craignaient déjà la contagion.
» Ces inconvéniens exposés dans les remontrances qu'ils firent à ce
» sujet, décidèrent seuls à donner la sépulture aux cadavres. »

Cependant sur les 15 malheureux détenus dans les caves de l'Hôtel-de-Ville, et qu'on devait ajouter à la chaîne, 12 ont pu fuir. Une
femme généreuse avait apporté des limes et des couteaux, à l'aide
desquels les liens furent brisés. MM. Coste et Poral, premiers au-
teurs de la fuite, s'échappent et s'entendent pour répondre aux deux
sentinelles des barrières. M. Coste, qui depuis a rempli les fonctions
de juge-de-paix, adresse ces mots : sentinelle, quel mauvais tems !
il neige trop ; à ta place, je rentrerais dans la guérite. — Tu as raison, citoyen : et il suivit son conseil, ainsi la fuite devint plus
facile.

M. Poral a même réussite, et sort de Lyon sous un travestis-
sement.

M. Laroche, maître teinturier à Bourgneuf, était capitaine dans le
bataillon de Juiverie ; il se distingua dans les rangs par son courage
et son intrépidité.

Il parvint à s'échapper en renversant avec force des gendarmes qui
escortaient la chaîne, et se sauva par une allée de traverse, rue St-
Côme.

(13) Enfin, les affaires s'améliorent, les proconsuls partent, et
leur rappel permet aux Lyonnais de respirer, et sauve les derniers
restes de cette cité malheureuse.

Ainsi se termina l'horrible mission des satrapes révolutionnaires ;
ils partirent chargés des malédictions des pères, des mères et des enfans, emportant avec eux les dépouilles des victimes qu'ils avaient
fait traîner au supplice.

Pendant les sept mois que Fouché partagea la dictature avec Collot
et Laporte, plus de cinq mille Lyonnais périrent ; 1800 par la guillotine ; près de 1200 par la mitraillade, la fusillade ; onze cents maisons furent démolies ; deux cents femmes en couche moururent de
frayeur ; deux cents personnes se noyèrent croyant échapper à la mort !

QUIS TALIA FANDO TEMPERET A LACRYMIS !

(14) Les Lyonnais émigrés, accueillis dans la Suisse, l'Allemagne et
l'Italie, profitent du calme, et reviennent en foule consoler leurs familles.

(15) C'est alors qu'on éleva un vaste tombeau aux victimes lyon-
naises. Ah ! quelle vive émotion ne causa pas une scène si attendris-
sante lorsqu'on rendit les devoirs funèbres à tant d'ossemens épars de
tant de généreux martyrs de la religion, de la patrie ! oui, il nous
faudrait ici la plume de Tacite pour peindre un tel sujet avec autant
d'énergie que de dignité.

(16) L'auteur fait allusion à ce météore qui parut aux yeux, et en
présence de l'armée de Constantin, sur lequel on lut ces mots : IN

8

HOC SIGNO VINCES , et qui furent le prélude de la victoire qu'il rem porta sur le tyran Maxence.

Six mille hommes , précédés de tambours drapés et d'une musique guerrière , au milieu d'un concours immense , les yeux baignés de larmes , firent le tour du monument le fusil renversé, les drapeaux couverts d'un long crêpe , dans le recueillement de la plus profonde douleur , et au bruit d'une musique funèbre : « pendant cette auguste » cérémonie , dit M. Delandine. , une couronne ou parélie , par un » effet singulier et rare , entoura le soleil , resplendit dans les nues , » et sembla couronner la fête , les spectateurs et le tombeau. »

Qu'on ajoute au ravissement heureux de ce tableau consolant, le frémissement général qui parcourut la multitude lorsque l'orateur, M. le docteur Carré. s'écria en montrant le tombeau : ils sont là nos frères, nos amis, nos parens !

On sait que ce cénotaphe fut renversé un an après par la fureur des démagogues survivant alors.

Je regrette de ne pouvoir citer ici l'excellent discours qu'a prononcé aussi , en l'honneur des mânes lyonnais, l'éloquent M. Bonpevie , chanoine et grand vicaire de Lyon et de Toulouse.

(17) L'auteur s'adresse au monument.

(18) Il fait allusion au retour de Louis XVIII, chef de la dynastie des Bourbons.

(19) Charles X vint alors poser la première pierre du monument, etc.

FIN DES NOTES DU CHANT CINQUIÈME ET DERNIER.

— Antoine Dériard , né à Lyon, d'une bonne famille, était, au 29 mai, capitaine d'artillerie : il se posta sur la place des Carmes et il foudroya de là les anarchistes, lorsqu'il fut mutilé par les débris d'un canon qui éclata près de lui. On l'emporta presque mort ; l'explosion de la poudre l'avait privé de la vue ; enfin il eut le bonheur de la recouvrer, et d'échapper aux Crancéens. Naguères il est décédé. Deux de ses frères se distinguèrent aussi , quoique très-jeunes. Un d'eux destiné au barreau , était, au moment du siége. avec M. Ravez, (aujourd'hui président de la chambre des députés) chez un procureur , dont il abandonna la sombre étude pour défendre nos murs. La gloire militaire lui ayant souri, il s'engagea depuis sous les drapeaux français, et par ses talens et son courage , il parvint au grade de commissaire des guerres. On le présume mort en Russie en 1813. Le plus jeune est mort deux ans après; il avait aussi embrassé le parti des armes , et avait obtenu, dans les combats , le grade de lieutenant de lanciers , et trois ordres dont il était décoré.

CHANSONS DU SIÉGE DE LYON.

Lorsque l'étendard de la guerre
Est déployé sur nos remparts,
Que Crancé, fléau de la terre,
Vient affronter nos boulevards,
Marchons sur l'aile de la gloire;
Confondons ses hardis projets:
Ne doutons pas de nos succès,
Précy nous mène à la victoire.
 Chasseurs et fantassins,   (bis.)
Jurons, (bis.) amour aux Rois
 Mort à leurs assassins !

Lyon, l'Éternel te contemple
Et te soutient dans tes revers ;
A la France donne l'exemple,
Arme-toi pour briser tes fers.
Dans tes mains tu tiens la bannière
De l'auguste fraternité,
Et l'ennemi de la cité
Sous tes coups mordra la poussière
 Chasseurs et fantassins , etc.

Français , en guerriers magnanimes ,
Portez et retenez vos coups ;
Épargnez ces tristes victimes
A regret s'armant contre vous ;
Mais ces forcenés sanguinaires
Mais les complices de Gauthié ,
Tous ces tigres qui sans pitié
Déchirent le sein de leurs mères.
 Chasseurs et fantassins , etc.

Foudroyons la horde infernale,
Prudens et braves canonniers ;
Détruisons cet affreux dédale,
Cueillons le plus beau des lauriers ;
Que nos canons soient le tonnerre :
A l'exemple de Jupiter,
Frappons ces suppôts de l'enfer
Qui brûlent d'infecter la terre.
 Chasseurs et fantassins , etc.

CHANSON GUERRIÈRE,

Composée par les jeunes chasseurs de la section de la Déserte.

Air : Aussitôt que la lumière.

Aujourd'hui la ligue noire
Vient se livrer à nos coups.
Ami, verse-nous à boire,
Et la victoire est à nous.
Triples yeux ! remplis mon verre ;
Le vin fait les bons guerriers :
Bacchus, mon Dieu tutélaire,
Arrosera nos lauriers.

Un plat b... nous menace,
La colère est sur son front ;
Grancé, f... quelle audace !
Veut nous faire la leçon ;
A nous ! jours de Dieu ! j'enrage :
Nous, le fléau des pervers :
Nous, dont le mâle courage
Se f.... de l'univers.

Verse donc, cher camarade,
De soif tu me fais languir ;
Verse encore une rasade,
Et je veux vaincre ou mourir ;
J'en veux fouler cent par terre ;
Et de sang tout innondé,
Oui, je veux dans la poussière
Rouler Albite et Grancé.

Gauthier, scélérat perfide,
Assassin des Lyonnais ;
Et toi Grancé, parricide,
L'horreur de tous les Français.
Ambitieux, sanguinaires !
Les Lyonnais sont tous prêts ;
Ils embrasseront leurs frères,
Mais puniront vos forfaits.

Peut-être au sein de la gloire
Un f...... morceau de plomb
M'enverra sur l'onde noire ,
Vers ce b.... de Caron.
Content , je perdrai la vie ;
Je m'en f..., j'aurai vaïncu :
Quand on meurt pour sa patrie ,
N'a-t-on pas assez vécu ?

Femme , nargue le veuvage
Quand j'aurai rendu l'esprit :
Dis-moi , f...., est-on moins sage
Quand on n'a point de mari ?
Mais garde-toi qu'un faux frère
Te fasse jamais la cour :
Celui qui tremble à la guerre ,
Est un j.... f.... en amour.

Tout l'univers nous contemple :
Amis ! frappons-en plus fort.
Au monde donnons l'exemple ,
Aux brigands donnons la mort.
Canonniers !... brûlez l'amorce :
Redoublons tous nos efforts :
Faisons-leur entrer par force
La vérité dans le corps.

La liberté , la patrie ,
Voilà le vœu de nos cœurs ,
Pour cette cause chérie
Nous jurons d'être vainqueurs ;
C'en est fait , le canon gronde ,
Nous ne voulons plus de paix !
Que tous les brigands du monde
Soient aux pieds des Lyonnais.

Précy conduit nos phalanges ,
Les lauriers seront pour nous ,
Et du Rhône jusqu'au Gange ,
On dira que sous nos coups
Des envoyés sanguinaires
Ont vu près de nos remparts
Une famille de frères ,
Et pour père le dieu Mars.

J'entends une canonnade ,
Vite , allons à l'ennemi :
Mais avant une rasade
A la santé de Précy :
Son nom , qu'annonce la gloire ,
Seul fait trembler Montessui.
On est sûr de la victoire ,
Quand on combat avec lui.

~~~~~~

LE RÉVEIL DU BRAVE.

Couplets qui se chantaient au siége de Lyon , à la re-
doute du pont Morand , aux ordres du général
Lassalle.

RÉVEILLEZ-VOUS , mes amis ,
C'est assez dormi ;
Sortez de ce lit ,
Car c'est aujourd'hui
Qu'on verra l'ennemi ,
Oui , dans ce jour , marchons ,
Nous serons bien conduits ;
L'on verra dans Lyon
Les drapeaux de Louis.

Réveillez-vous sur-le-champ ;
Vite au régiment ;
Bref, il est bien temps
De quitter le camp :
Marchez en avant.

A grands pas je suis mon drapeau
Pour entrer en campagne ;
De travers j'ai mis mon chapeau
Et ma blanche cocarde ,
Pour faire voir aux ennemis
Ma force et mon courage ,
Que sous les drapeaux de Louis,
L'on a de l'avantage , etc.
~~~~~~

CHANT FUNÈBRE

DES VICTIMES LYONNAISES ALLANT A LA FUSILLADE.

Au Peuple.

PEUPLE Français , viens le connaître ,
Envain tu cherchas le bonheur ;
Comment l'aurais-tu vu paraître ,
En ne consultant que l'erreur ?
Puisse une triste expérience
T'inspirer de plus sages vœux !
Sous l'étendard de la licence ,
Jamais peuple fût-il heureux ?

Ceux qui voulurent te conduire
Ne méritaient que ton refus ;
Ils inventent pour te séduire
De vains systèmes de vertus.
La haine de la tyrannie ,
Un fantôme d'égalité ,
Et du zèle l'hypocrisie
Annoncent ta félicité.

Dupé de trompeuses caresses ,
Français , tu crus à des sermens !
A quoi ressemblaient leurs promesses ?
A la légèreté des vents.
Déguisant à tes yeux la trame
Des plus ambitieux projets ,
Ils ne t'ont dévoilé leur ame
Que dans les nœuds de leurs filets.

Tes jours au sein de l'abondance
Devaient couler purs et sereins ,
Et l'heureux séjour de la France
En foule appeler ses voisins.
Sur ses champs innondés de crimes ,
Règnent l'épouvante et le deuil ;
Et le nombre de ses victimes
La change en un vaste cercueil.

Dans une balance équitable
De tous on pèsera les droits ;
Sur la tête du seul coupable
Tombera le glaive des lois :

Pourquoi leur silence à l'envie
Abandonne-t-il l'innocent ?
Pourquoi la noire calomnie
S'abreuve-t-elle de son sang ?

Notre moderne aréopage
Paraissait respecter l'autel ,
Et la liberté de l'hommage
Que nous offrons à l'éternel.
C'est le vœu de la tolérance ;
Et des lois le prétexte faux ,
Livrait l'honneur, la conscience
Aux fureurs de mille bourreaux.

Aux malheureux la bienfaisance
Avait promis ses tendres soins ,
Et de la souffrante indigence
Voulait soulager les besoins.
Jette un regard sur ta patrie ;
De ses enfans le triste sort
Les force de porter envie
A ceux dont ils pleurent la mort.

Ne pouvant avec la sagesse
Concilier la piété ,
Tes chefs la traitaient de faiblesse
Et de sotte crédulité.
De leur doctrine extravagante
Devait-on craindre le poison ?
Le front d'une femme impudente ,
Servant d'emblême à leur raison.

Mais quel pouvoir n'a pas l'exemple ?
La foule aveugle des mortels
A la raison élève un temple ,
S'empresse autour de ses autels ;
Ose consacrer la mémoire
Des plus monstrueux attentats ,
Pare des lauriers de la gloire
Le front des plus vils scélérats.

Observe toutes leurs maximes ;
Y verras-tu d'autre secret
Que l'art de revêtir leurs crimes
De l'autorité d'un décret !

Des lois, le meurtre, le pillage,
Ont obtenu la sanction ;
Les lois ont consacré l'usage
De la dénonciation.

N'ont-ils pas avec assurance
Offert à la propriété,
Pour gage de sa confiance,
Leur infaillible loyauté ?
Jamais la fraude et l'imposture,
Tu te gardais de le prévoir,
Eurent-elles d'autre mesure
Que les bornes de leur pouvoir.

Ils t'enseignent qu'à l'aventure,
Dans un labyrinthe d'erreurs,
Sans guide, l'humaine nature
Languissait sans lois et sans mœurs ;
Et commandent que ton courage
Ne soit plus que férocité ;
La liberté, qu'un esclavage ;
Et la raison, qu'absurdité.

Le vrai fait place à l'artifice
D'après un nouveau règlement,
Et même la vertu, le vice,
Entr'eux ont changé d'élément.
L'équité n'est plus ton arbitre ;
Et la plus dure oppression
N'est à la résistance un titre
Qu'au gré de leur opinion.

Ages futurs, pouriez-vous croire
A cet excès de cruauté,
Si les traits sanglans de l'histoire
N'en attestaient la vérité ?
Les pleurs qu'arrache à la nature
Le meurtre de tant d'innocens,
Blessent les yeux, sont une injure
Aux lois de nos affreux tyrans.

Peuple, sur ton sort déplorable
N'ouvriras-tu jamais les yeux ?
Seras-tu toujours plus coupable
En devenant plus malheureux ?

Ah ! c'est par d'horribles offenses
Qu'on s'attire un grand châtiment ;
Je vois les célestes vengeances
Jusque-dans ton aveuglement.

Infidèle au Dieu de tes pères,
Lâche déserteur de ta foi,
Par le mépris de ses mystères
Tu crois anéantir sa loi.
Ses arrêts ne sont point un songe
Dont se dissipe la vapeur ;
Tremble : ils ne sont point un mensonge,
Ces remords qu'étouffe ton cœur !

Par combien de marques sensibles,
Ton Dieu de sa gloire jaloux,
Par combien de fléaux terribles
A-t-il signalé son courroux !
De l'homme, dis-tu, c'est l'injure ;
Mais par un secret jugement,
L'homme, des maux que l'homme endure,
N'est lui-même que l'instrument.

Aveugle, à la première cause
Ne remonteras-tu jamais ?
Ne sauras-tu voir autre chose
Dans tes malheurs que ses forfaits ?
Cette fortune qui t'échappe,
Un Dieu vengeur te la ravit ;
Ce fer assassin qui te frappe,
Son bras tout-puissant le conduit.

Le terme heureux de tes misères,
Au sein de l'éternelle paix,
De tes amis et de tes frères
Forme les uniques souhaits.
Ils t'invitent à la clémence ;
Et tu crois soulager tes maux,
Quand tu souilles par la vengeance
Les pleurs versés sur leurs tombeaux !

Si tu veux fléchir la colère
D'un maître aussi juste que bon,
Songe qu'un repentir sincère
Peut seul assurer ton pardon.

De sa main reçois sans murmure
Un châtiment trop mérité ;
Et reconnais par sa mesure
Combien ton juge est irrité.

Cède à la crainte salutaire
De son redoutable pouvoir ,
Et pèse au poids du sanctuaire
Ses lois , tes crimes , ton devoir.
De l'orgueil il punit l'audace ,
Confond les ruses de l'erreur ,
Et ne communique sa grâce
Qu'à la simplicité du cœur.

Ne consulte plus ces oracles
Dont les promesses t'ont séduit .
Ils t'annoncèrent des miracles ,
Et dans l'abîme ils t'ont conduit.
Peux-tu de l'humaine sagesse
Attendre encore quelque bien ?
Ce n'est qu'en Dieu que ta faiblesse
Peut trouver un ferme soutien.

Résiste à ces amis perfides
Dont le téméraire conseil
Va , par des fureurs homicides ,
Vouer au crime ton reveil.
Dieu t'a-t-il remis la balance
Qui doit juger tous les humains ?
Et pour exercer sa vengeance ,
A-t-il mis la foudre en tes mains ?

Si c'est peu d'étouffer la plainte ,
D'oublier les maux qu'on t'a faits ;
Si pour l'ennemi sa loi sainte
Réclame encore tes bienfaits ;
Apaiserais-tu sa justice
Avec de nouveaux attentats ?
Sans un généreux sacrifice ,
Pourrais-tu désarmer son bras ?

De ta profonde léthargie ,
Peuple Français réveille-toi ;
La fin des maux de ta patrie
Attend ton retour à la foi.

(68)

Que son divin flambeau t'éclaire !
Que ses lois soumettent ton cœur !
Change de mœurs, de caractère,
Tu retrouveras le bonheur.

Faite par l'une des victimes.

Tous ces avis, toutes ces prédictions réalisées feraient croire que c'est d'hier, si l'on n'avait pas la certitude que cette pièce n'est point faite après coup, mais bien copiée sur l'original du temps.

L'INDIGNATION

DU LYONNAIS ÉMIGRÉ DE RETOUR A LYON.

Quel spectacle effrayant vient s'offrir à ma vue,
Et présente à mes yeux une ville éperdue !
La discorde sanglante a donc pu la frapper,
L'innocence au forfait ne peut donc échapper !
Crancé, monstre vomi par l'enfer dans sa rage,
De Danton et de toi je reconnais l'ouvrage ;
Tremblez vils assassins, fléau de l'univers,
La France reconnaît tous vos complots pervers,
Et mesurant au crime une prompte vengeance,
Va donner au forfait sa juste récompense.

O Lyon ! ô Patrie ! en dépit du malheur,
Je ne puis m'empêcher d'exalter ta grandeur ;
Au milieu des débris d'un injuste naufrage,
Résistant aux tyrans, j'admire ton courage.
Au sang de l'innocent je vais donner des pleurs ;
Puisse ce sang tomber sur nos vils oppresseurs !
Puissent de nos tyrans les honteux satellites
Connaître enfin les chefs dont ils sont prosélytes !
Et dirigeant contr'eux le fer qui les arma,
Expier leur erreur qui nous assassina.

De cent bouches d'airain le tumulte effroyable
Répété par l'écho, paraît plus formidable,
Et le globe enflammé s'élevant dans les airs,
Vomit en éclatant tout le feu des enfers.
Là, je vois un vieillard expirant de misère,
Dire au représentant : je te croyais mon père.

Sur le sein d'une mère en proie à la douleur,
J'aperçois des enfans succomber au malheur.
Plus loin, je vois, hélas ! un horrible incendie ;
Des frères, des amis, chérissant leur patrie.
Tous, juste ciel, en pleurs ils désertent leurs toits,
Portent vers l'éternel leurs innocentes voix.
En demandant enfin qu'il les réduise en poudre ;
Contre nos ennemis ils implorent sa foudre.
Ici le citoyen frappé du plomb mortel,
Tombe pour sa patrie au pied de son autel.
Hospice qui reçois l'humanité souffrante,
Tu ne pûs échapper à leur rage sanglante ;
Leurs frères, leurs blessés recélés dans ton sein,
Rien n'a pu ralentir leur criminel dessein !
    Mais le règne des lois s'empressant de paraître,
Forcera ces brigands à fuir, à disparaître.
Votre règne, tyrans, est celui d'un instant.
Brigands, l'ombre a passé, rentrez dans le néant.
Crancé, je jure ici par la sainte patrie,
De t'arracher bientôt ta criminelle vie.
Oui, je veux dans ton cœur buriner tes forfaits,
Et t'offrir tout sanglant aux braves Lyonnais ;

. . . .

. . . .

Pour venger ma patrie, ah ! dussé-je périr,
En comblant mon espoir, je mourrai de plaisir.

LE RÉVEIL DU PEUPLE.

*Ces couplets ont été chantés plusieurs jours de suite, à
la demande réitérée du peuple, dans les théâtres de
Lyon, quelques temps après le départ de Fouché
de Nantes, etc.*

PEUPLE Français, peuple de frères,
Peux-tu voir sans frémir d'horreur
Le crime arborer les bannières
Du carnage et de la terreur ?
Tu souffres qu'une horde atroce
Et d'assassins et de brigands
Souille de son souffle féroce
Le territoire des vivans !

Quelle est cette lenteur barbare ?
Hâte-toi , peuple souverain ,
De rendre aux monstres du Ténare
Tous ces buveurs de sang humain :
Guerre à tous les agens du crime ,
Poursuivons-les jusqu'au trépas :
Partagez l'horreur qui m'anime ,
Ils ne nous échapperont pas.

Voyez déjà comme ils frémissent :
Ils n'osent fuir , les scélérats !
Les traces du sang qu'ils vomissent
Décèleraient bientôt leurs pas ;
Mânes plaintifs de l'innocence ,
Apaisez-vous dans vos tombeaux ;
Le jour tardif de la vengeance
Fait enfin pâlir vos bourreaux.

Ah ! qu'ils périssent ces infâmes ,
Tous ces égorgeurs dévorans
Qui portent au fond de leurs ames
Le crime et l'amour des tyrans.
Oui , nous jurons sur votre tombe,
Par notre pays malheureux ,
De ne faire qu'une hécatombe
De ces canibales affreux.

Représentans d'un peuple juste ,
O vous , législateurs humains ,
De qui la contenance auguste
Fait trembler nos vils assassins ;
Suivez le cours de votre gloire :
Vos noms chers à l'humanité
Volent du temple de mémoire
Au sein de l'immortalité.

Cité jadis si florissante ,
Antique et superbe Lyon ,
En vain une horde sanglante
A juré ta destruction ;
La justice enfin te seconde :
Redeviens sous ses étendards ,
La première ville du monde
Pour le commerce et pour les arts.

N'oublions pas qu'en cette enceinte
Jadis régna la cruauté,
Qu'elle a voulu porter atteinte
A notre chère liberté.
Poursuivons, poursuivons sans cesse
Les scélérats et les brigands,
Les lois ont fait cette promesse
D'anéantir tous les tyrans.

Malheureux peuple, à tes alarmes
Vont succéder d'autres destins ;
La bravoure te rend tes armes,
La justice te rend tes biens :
Par l'un tu soutiens l'indigence,
L'autre fut toujours dans tes mains
L'appui sacré de l'innocence
Et la terreur des assassins.

CHANSON EN PATOIS LYONNAIS

SUR LES JACOBINS,

Faite en 1794.

Air : *Qu'étai don céla novelle.*

L'univers et la patrie,
Veni tos par écota
Lo récit tochan, tristie
Qu'à Lyon est arriva :
Una cliqua sin culotte,
Par mieux dire de pulliux,
Tot en sortant de la crotte,
Voglian monta jusqu'u ciux.

Los infans de Robiespierre,
To celo beveurs de sang,
Nos en fait à tos la guerre,
Velà, ma fi, plus d'un an.
Lo filoux étave en place
Par miux nos tyranisir ;
I gn'avave que la crasse
Qui nos faisave soffrir.

I faisian les patriotes
Par vola los braves gens ;
I se disian sin culotte
Par égorgi lors parens.
I n'épargnavon persona
Et volavons s'enrichi ;
Ils suivavon la marote
Par nos faire tos périr.

I mettavon los séquestres
A tos nos gros magasins.
Par prendre mieux à leur aise,
D'inventaire ils n'avont gins.
La nuit à la grossa brune
Ils venavon arpilli,
Los gardiens avoua leurs fumes
Portavon à plen tabli.

De matelats, de covertes ;
Tos leurs lits sont ben garnis,
D'argenterie, de dentelles,
De linge et de biaux habits.
Y pillave à draite à gauche
Porte-feuille et assignat ;
Mais vindra la guillotine
Qui tartous les rangera.

Aux Brottiaux, dans les auberges,
Il n'y avave que par eux ;
Ils se soulave à leur aise,
Au dépind des malhureux.
Celo maudits commissaires,
Avouai leurs bonnets de piaux,
Chacun dedins sa misère
Craignave celi boriaux.

Sortant de faire ripaille,
Ils allave à la chession ;
Cela trope de canaille
Vos parlave d'un haut ton.
Quoquefois de miserable
Avave besoin de pan ;
Vos veni par une carte,
Vos repasseri deman.

Gelo mâtins de clubistes
Nos traitavont duramin,
Lo pauvre comme lo riche,
Ils n'en épargnavont gin.
Avouaï leur air temeraire :
Qu'as-tu fait par la nation ?
Si tu ne dénonces un frère,
Nos te flanquons en prison.

Mais, grâce à la Providence,
Notrons bons représentans
Venont de sauva la France,
En détruisant los tyrans.
Y n'en manque pas encore,
Mais y seront tartous pris.
Bintôt viendra la guillotine
Tartous les aura raccourcis.

~~~~~~

AUTRE

SUR LE MÊME SUJET.

Notre France avait des bourreaux
Qui composaient les tribunaux,
Assassinaient riches et pauvres,
A mort ils jugeaient l'innocent,
Sans preuve ni récolement.
On lui défendait la parole.
Ah ! les monstres ! ah ! les brigands !
Ah ! les tigres, buveurs de sang !
Ils danseront la carmagnole.

Les commissaires des sections,
La plupart étaient des fripons,
Presque tous marqués sur l'épaule ;
Les pauvres ouvriers, braves gens,
Ne les abordaient qu'en tremblant ;
On les traitait comme des maures.
Ah ! les monstres ! etc.

Vrais amis des lois, des humains,
Ah ! montrez-vous, fiers muscadins,
Tenons ferme à notre parole :
~~~~~~

Oui, nous jurons, pour nos enfans,
D'anéantir tous les tyrans;
Mais il faut que la loi l'ordonne.
Ah! les monstres! etc.

Dans les campagnes, ces manans
Disaient aux pauvres habitans
Qu'ils partageraient les récoltes:
Ils séduisaient ces bonnes gens.
Pour mieux réussir dans leurs plans,
Ils leur défendaient la parole.
Ah! les monstres! etc.

Robespierre, Gouthon, St-Just,
Voulaient bien nous monter dessus;
Ils nous ôtèrent la parole;
Mais, grace à nos représentans,
On a découvert les agens:
Ils ont dansé la carmagnole.
Ah! les monstres! etc.

~~~~~~

CHANSON

SUR L'ARRIVÉE DES DÉPUTÉS LYONNAIS A PARIS,

Sur l'affaire du 29 mai.

Nous venons des départemens   (*bis.*)
Pour purger Paris des brigands.   (*bis.*)
Nous soutiendrons les bons;
Mais malheur aux fripons.
Vive la permanence!
A bas le son du canon!   (*bis.*)

Nos montagnes et nos vallons
Ont produit seuls de bons lurrons.
Les volcans de Paris
Force gueux ont vomi.
Vive, etc.
~~~~~~

Les jacobins sur leurs grabats
Rentreront dans leurs nids à rats,
La montagne aura mis
Au monde une souris.
Vive, etc.

CHANSON

SUR LE VINGT-NEUF MAI.

HONNEUR à nos braves guerriers,
Qui, d'une main hardie,
Ont su moissonner des lauriers
Sur l'horrible anarchie.
Salut à nos jeunes Lyonnais,
Qui les premiers, pleins d'énergie,
Ont su moissonner des lauriers
Sur l'horrible anarchie.

Vos noms sont à jamais
Consacrés dans l'histoire;
Vous avez des brigands
Purgé la forêt noire.

Digne bataillon de Brutus,
Ah! tu fus leur victime;
Croyant tous soupçons superflus.
Lors prévoyais-tu ce crime?

Un lion est par fois clément;
Mais un méchant
Le rend terrible est rugissant.
Honneur, etc.

COUPLETS

EXTRAITS DU VAUDEVILLE DE LA PAUVRE FEMME.

NE faites pas tant d'embarras,
Tâchez d'un peu mieux vous entendre;
Quand on veut fair' ce qu'on ne sait pas,
Tout au moins faudrait-il l'apprendre.

Si chacun change de métiers,
Si le maçon fait des souliers,
Le cordonnier fait des maisons;
Si les loups gardent les moutons:
Ah! bon Dieu! ah! bon Dieu!
Que ça nous causera de maux:
A l'eau, à l'eau, pauvre Jacques,
T'as bien mieux fait de porter tes seaux.

Mon avis ne fut pas goûté;
Bientôt chaque place fut prise;
L'on dépouilla la probité,
Et l'on enrichit la sottise:
Un cordonnier fut orateur,
Un coiffeur se mit régisseur,
Un comédien fut général;
On préféra l'âne au cheval.
Ah! bon Dieu! ah! bon Dieu!
Que ça nous a causé de maux!
A l'eau! etc.

Je vois pourtant avec plaisir
Qu'on peut encor sauver la France:
Tous nos maux viennent de finir;
Le bonheur du peuple commence.
Reprenez chacun vos métiers:
Cordonniers, faites vos souliers;
Maçons, bâtissez vos maisons;
Coiffeurs, retapez vos chignons.
Croyez-moi, croyez-moi,
Pour voir terminer tous nos maux,
A l'eau, etc.

PORTRAIT DES PATRIOTES JACOBINS.

Air : Femmes, voulez-vous éprouver.

Voulez-vous peindre un ignorant,
Qui, sans mœurs et sans caractère,
Dénature honneur et talent,
Aux vertus déclare la guerre.

Ce fainéant, ce libertin,
Qui ne connaît que l'imposture ;
Figurez-vous un jacobin,
Et vous l'aurez d'après nature.

Voulez-vous peindre un scélérat,
Qui, dans la misère commune,
Profite des maux de l'état,
Pour faire une immense fortune ;
Un homme égoïste, inhumain,
Qui pour de l'or devient parjure ;
Figurez-vous un jacobin,
Et vous peindrez d'après nature.

Voulez-vous peindre un partisan
De la terreur, de l'anarchie,
Un hypocrite, un intrigant
Qui déshonore sa patrie ;
Un ambitieux, un coquin
Qui du règne des lois murmure ;
Figurez-vous un jacobin,
Et vous peindrez d'après nature.

LA MORT DE ROBESPIERRE.

ODE.

Qu'entends-je ! ô ciel ! quels cris funèbres !
Phœbus sortant du sein des eaux,
Va-t-il, en chassant les ténèbres,
Eclairer des forfaits nouveaux ?
Où cours-tu, peuple régicide ?
Quelle sanguinaire Euménide
Peut guider tes pas vers ces lieux ?
Des cruautés dont Robespierre
Rougit à chaque instant la terre,
Vas-tu rassasier tes yeux ?

Quoi ! tant de villes désolées
Par ce fanatique imposteur,
Tant de victimes immolées
N'ont point assouvi sa fureur !

Verra-t-on toujours l'innocence,
Faible, timide et sans défense,
En proie à ses cruels transports?
Et veut-il de la France entière,
Faisant un vaste cimetière,
Ne dominer que sur les morts?

Depuis plus de quatre ans livrée
Aux coups de ce monstre inhumain,
Mille fois la France éplorée
A senti déchirer son sein.
Sans cesse accumulant les crimes,
La Seine voit de ses victimes
Flotter les membres déchirés;
Et ses ondes ensanglantées,
Au sein des mers épouvantées,
Roulent des corps défigurés.

Quel spectacle affreux et barbare
A rempli mon ame d'effroi!
Les gouffres profonds du Ténare
Se sont-ils ouverts devant moi?
Hélas! sur ces rives charmantes
Où des fleurs toujours renaissantes
S'empressaient d'éclore à nos yeux,
Mon œil effrayé n'envisage
Que l'aride et brûlante plage
Que baigne l'Achéron fangeux.

O vous, que l'on nomme sauvages,
Peuples détestés des mortels,
Sanguinaires antropophages,
Vous n'êtes pas aussi cruels!
Et vous, dont tous les jours encore
L'univers stupéfait abhorre
Et l'existence et les excès,
Néron, Caligula, Tibère,
Vous n'avez pas souillé la terre
De tant de sang et de forfaits.

Sortez de votre léthargie,
Français, levez-vous à ma voix:
N'auriez-vous donc de l'énergie
Que pour assassiner vos rois?

Lâches et timides esclaves,
N'osez-vous briser les entraves
Dont sa fureur charge vos bras?
Souffrirez vous long-temps encore
Que ce despote carnivore
Poursuive ses assassinats?

Que dis-je, hélas! peine inutile!
Les Français sont sourds à mes cris;
Une crainte basse et servile
A glacé leurs faibles esprits.
Telle autrefois Rome enchaînée,
Rome aux flammes abandonnée,
Voyait ses pâles sénateurs
D'un monstre encenser tous les crimes,
Adorateurs pusillanimes
De leurs lâches usurpateurs.

Berstheim, d'un feu plus héroïque
Tu vis s'enflammer les Bourbons,
Quand d'un aréopage inique
Ils foudroyaient les escadrons.
Imitateurs de leurs ancêtres,
Vengeurs de leurs malheureux maîtres,
Tu vis nos braves chevaliers,
Sur les ailes de la victoire,
Au temple sacré de la gloire
Se frayer de nouveaux sentiers.

Quoi! grand Dieu! dans ce temps prospère,
Où le modèle des bons rois,
Henri, que tout Français révère,
Nous faisait adorer ses lois,
Un tigre, un monstre impitoyable
Ose porter sa main coupable
Sur le sein du nouveau trajan;
Et dans la France malheureuse
Il n'est pas de main généreuse
Qui la délivre d'un tyran!

Honneur, humanité, nature,
Dont il a violé les droits,
Vous, dont sa coupable imposture
Profana les plus saintes lois,

Cessez de gémir en silence :
Voici l'instant de la vengeance.
Déjà les cieux se sont ouverts,
Et tel est l'horrible anathème,
Dont l'Etre éternel et suprême
A frappé ce monstre pervers.

  « Sous le glaive de l'injustice
» Tu fis périr tes souverains ;
» Tu sus, par un nouveau supplice,
» Effrayer les pâles humains.
» Ta main profanant l'arche sainte,
» Frappa jusque dans son enceinte
» Mes plus zélés adorateurs ;
» Leurs corps privés de sépulture
» Ont enfin servi de pâture
» A tes sanguinaires licteurs.

  » De ton souffle impur infectée,
» Long-temps en proie à tes fureurs,
» Contre toi la terre irritée
» Implore mes foudres vengeurs ;
» Tu vis avec indifférence
» Gémir à tes pieds l'innocence ;
» Ta rage insultait à ses maux ;
» Mais, dans le sein de tes complices,
» Ainsi que toi, voués aux vices,
» Tu vas rencontrer tes bourreaux.

  » Le glaive est levé sur ta tête,
» L'enfer sous tes pas va s'ouvrir ;
» La foudre à t'écraser est prête ;
» Tremble ! ton règne va finir. »
Il dit : Robespierre frissonne ;
Un peuple indigné l'environne ;
Chacun veut lui percer le sein.
L'airain sonne : le monstre expire ;
L'univers soulagé respire,
Et le ciel devient plus serein.

SUR LA MORT DE MARIE-ANTOINETTE,

REINE DE FRANCE.

Air : Du vaudeville de la soirée orageuse.

C'en est donc fait , ô mon époux !
Un monstre a comblé sa vengeance ;
Tu viens de tomber sous ses coups ;
Il n'est plus de vertus en France.
L'injustice et la cruauté
Dans tous les cœurs ont pris leur place ,
Et la perfide lâcheté ,
Plus cruelle encor que l'audace.

Ma fille , hélas ! jamais tes yeux
Ne reverront ton tendre père ;
Ce parfait ouvrage des cieux.
Elisabeth n'a plus de frère.
Elisabeth , Elisabeth ,
Modèle d'amour , de constance !
Des barbares l'affreux projet
Accuse aussi ton innocence.

Toi qui souvent des assassins ,
Mon fils , as désarmé la rage ,
Reçois ce papier de mes mains (1) :
Voilà ton plus bel héritage.
Pardonne à tous nos ennemis ,
Comme ton père leur pardonne :
L'auguste fils de St-Louis (2)
En montant au ciel te l'ordonne.

Vous qui souffrez , des coups du sort
N'accusez point la barbarie.
Pourriez-vous bien vous plaindre encor
En contemplant ma triste vie ?

(1) Le testament de Louis XVI.

(2) Fils de St-Louis, montez au ciel. (Paroles de son confesseur Ed-
gevorth).

Pour vous il n'est plus de malheurs,
J'en épuisai la coupe amère.
Ah ! pour bien sentir mes douleurs,
Faut être épouse, reine et mère.

Dans le chagrin mon cœur noyé
N'a point d'asile en sa souffrance ;
On me refuse la pitié,
Et je régnais hier en France !
Ainsi, quand tout me fait la loi,
Cher et tendre époux, de te suivre,
La gloire de mon jeune roi
M'impose le tourment de vivre.

Mon fils, pour rendre à son devoir
Un peuple encore dans l'ivresse,
Pour faire chérir ton pouvoir,
Pour faire bénir ta jeunesse,
Je te parlerai jour et nuit
Des douces vertus de ton père ;
Un autre y joindra le récit
Des infortunes de ta mère.

LES SOUPIRS

DE LA FILLE DE LOUIS SEIZE.

Prêtez une oreille attentive,
Sensibles cœurs, à mes accens ;
Plaignez une pauvre captive
Qui n'a plus d'appui, de parens.
J'en eus, hélas ! et leur tendresse
M'assurait le sort le plus beau.
Qui prendra soin de ma jeunesse ?
Tous les miens sont dans le tombeau.

Avez-vous vu dans le bocage
Un jeune et triste tourtereau,
Abandonné sous le feuillage,
Gémir envain dans son berceau ?
L'épervier le priva d'un père ;
Il le pleurait, quand le chasseur
Vint encor lui ravir sa mère :
Bientôt il mourut de douleur.

Mort, brise mes honteuses chaînes,
O mort ! j'implore ton secours :
Afin de terminer mes peines,
Tranche mes déplorables jours.
J'ai vu le bonheur comme un songe ;
Il a fui de moi pour jamais.
Ma vie est un cruel mensonge :
Vit-on au milieu des regrets ?

Vous à qui mes chants de tristesse
Rappellent l'excès de mes maux,
Voyez une triste princesse
Qu'oppriment de cruels bourreaux ;
Pleurez, pleurez cette orpheline
Qui ne vit, hélas ! qu'à moitié.
Quel sort affreux on lui destine !
Ouvrez vos cœurs à la pitié.

Vous le savez, dans mon jeune âge,
Au sein d'une brillante cour,
La gaîté faisait mon partage :
On m'aimait, j'aimais à mon tour.
On me disait que j'étais belle ;
Mais ce n'est pas là le bonheur ;
Il est dans l'amour maternelle,
Il était bien fait pour mon cœur.

Au lieu de ce trône paisible,
D'où le plus vertueux des rois
Vit long-temps un peuple sensible,
Heureux à l'ombre de ses lois,
Je me vois dans la servitude,
Je languis dans d'obscurs cachots,
Et n'ai dans cette solitude
Que mes douleurs, que mes sanglots.

Murs, insensibles à mes larmes,
Arrosés dès l'aube du jour ;
Témoins constans de mes alarmes,
Cruels verroux, affreuse tour,
Enveloppez-moi de vos ombres ;
A mes cruels persécuteurs
Cachez-moi sous ces voûtes sombres.
O mort ! viens, trompe leurs fureurs.

Sur le sein d'une tendre mère
Où je laissais couler mes pleurs,

Ils coulaient pour la mort d'un père ;
Mais je sentais moins mes douleurs.
On supporte mieux l'infortune
Quand on peut parler de ses maux.
Aujourd'hui ma plainte importune
Ne fait qu'irriter mes bourreaux.

    J'ai tout perdu dans ce naufrage :
Que peut la vertu des enfans ?
Un sénat devenu sauvage
A bu le sang de mes parens.
Les Bourbons n'ont plus de patrie :
Le lis a perdu sa blancheur :
Puis-je encor tenir à la vie ;
La vie est mon dernier malheur.

    Hélas ! il me restait un frère ;
Ils l'arrachèrent de mes bras.
Comme moi triste et solitaire,
Il soupirait pour le trépas.
Pleurez un roi, pleurez un père,
Sauvez de malheureux enfans,
Bourbons qu'une terre étrangère
Dérobe aux fureurs des brigands.

    Mes malheurs ont rempli le monde
D'effroi, d'horreur et de pitié ;
Sans doute à ma douleur profonde
L'univers s'est associé.
Rois, apprenez par ma constance,
Par le sort du meilleur des rois,
Par le sang qui baigne la France,
A faire respecter vos droits.

    Vous, jadis si doux, si sensibles,
Français, teints du sang des Bourbons, (1)
Que la terreur rend inflexibles,
Ah ! cessez vos rebellions.
Pleurez sur vos nobles victimes ;
Relevez les lis abattus :
La terre frémit de vos crimes :
Qu'elle compte enfin vos vertus !

(1) C'est à une poignée de brigands, certes, et non au peuple français, qu'on doit imputer l'assassinat juridique de Louis XVI.

FIN TRAGIQUE DE L'EX-MAIRE BERTRAND.

Il était marchand de galons à Lyon , où il y avait acquis une fortune brillante. Il se lia étroitement avec l'académicien Roland, qui ne voulait plus d'autres tombes , d'autre épanchement de la piété filiale que le sépulcral alambic ; la graisse et les ossemens humains devaient servir d'aliment à l'éclairage public , etc.

Cela rappelle ce fameux et horrible atelier de mégisserie humaine , où l'on fit des essais de la peau pour pantalons ; mais la Convention le fit sauter , craignant des émeutes populaires , etc.

C'est par ordre de Bertrand que le médecin Gilibert descendit dans les cachots, pour lui avoir été préféré un instant ; cependant l'intime ami de Challier se vit suspendu de ses fonctions , et détenu pendant le siége.

A l'entrée de l'armée de Crancé il fut réinstallé , et tout en parlant d'oubli , il se fit gloire d'immoler plusieurs personnes , entr'autres M. Bruyset, son neveu , et M. C. Péricaud père , notaire , son ami , qui remplit les fonctions d'officier municipal ; le même qui, après le 29 mai, avait mené Bertrand et Challier en confrontation , en leur montrant avec indignation les corps des victimes , leur propre ouvrage. Quant à Bertrand il fut bientôt envoyé comme député par les siens à la Convention. Là, l'énergumène Babœuf l'associa a ses complots, avec Javogue et Cusset ; mais la conspiration de Grenelle mit fin à leur vie. Ils furent fusillés sur les lieux-mêmes. (Moniteur)

Challier, né en Savoie selon les uns, ou dans le Piémont selon d'autres , d'une famille obscure, vint à Lyon, jeune encore, sous l'habit ecclésiastique ; il y parut comme répétiteur, suivit un cours de philosophie chez les Dominicains. Bientôt il se livra au commerce ; de commis il devint associé et voyagea dès-lors. En passant à Naples , il parut dans les loges de la Maçonnerie, et s'y montra émissaire de la propagande jacobinique. On le chassa, ainsi que dans le Portugal où il évita la CORDE : il courut à Paris , se lia avec Fouché et Marat, se disant la victime des tyrans ; 6 mois après il revint à Lyon et s'associa avec l'inepte Bertrand. Il voulait que les administrations et les tribunaux fussent remplacés par des Cours martiales, pour condamner à mort l'auteur de tout propos INCIVIQUE. Digne oracle du club central, il monta à la tribune le jour qu'on apprit la mort de Louis XVI, et montrant un tableau du Christ : « Ce n'est pas » assez que le tyran des corps ait péri, il faut détruire aussi le tyran » des ames. » A ces mots , il met le Christ en pièces et le foule aux pieds. C'est lui qui créa depuis l'impôt des six millions, payable dans le délai fatal de 24 heures ; il proscrivit les sections en permanence. Il avait proposé au club de dresser la guillotine en permanence sur le pont Morand, et d'y égorger 900 riches citoyens. Par bonheur, le nouveau maire, le digne Nivière-Chol, (dont le fils est trésorier du du département) découvrit et déjoua le complot.

Enfin, Challier est l'auteur du placard incendiaire des 300 républicains, qu'il termine ainsi : « Nous jurons d'exterminer quiconque » ne pense pas comme nous ; ce sont nos ennemis ; et leurs cadavres » sanglans porteront la terreur aux mers épouvantées. »

Le 16 juillet 1793, ce Challier perdit la vie sous le fer qu'il avait fait venir de Paris six mois auparavant, pour satisfaire sa férocité : il l'avait fait essayer sur un mouton, il l'essaya en grand ; cet essai fut cruel, car l'exécuteur et l'instrument étant inexercés, il fallut frapper trois fois avant d'abattre sa tête criminelle. (Plus tard l'exécuteur a été la victime de son obéissance à la loi.)

M. Chassagnon, défenseur officieux de Challier, a fait depuis son portrait en ces termes : « Il m'a paru être au club central comme le » grand paillasse ou l'éléphant des Boulevards. Ses intrigues, ses » feux follets, ses contorsions ne m'ont rien offert de dangereux ; il » parlait de couper les têtes avec un ton si burlesque et si gogue-» nard !.... Il roulait les yeux, il écumait, se tordait les bras, sem-» blait tenir et broyer dans un mortier la Vendée et Cobourg, faire » un cure-dent de tous les sceptres, mettre en charpie tous les dia-» dêmes du monde, et avaler d'un seul trait la Tamise et le Rhin. »

Ce qu'il a de ressemblant avec Marat, c'est qu'il fut comme lui traîné dans la boue. L'un périt dans un bain, de la main délivrante de la moderne Judith, Charlotte Corday, âgée de 25 ans. (15 août 1793.)

L'autre périt sous le fer national qu'il avait fait venir pour décimer les Lyonnais. Tous deux obtinrent l'apothéose ; tous deux furent portés en triomphe au Panthéon. Le premier dans une urne d'or, le second dans une urne d'argent. Leur cendre a été exhumée et balayée de ce beau temple rendu au culte sous le règne de Louis XVIII.

Des personnes mal informées ont prétendu que la belle et formida-ble défense des Lyonnais n'était qu'une aveugle résistance à l'oppres-sion ; je dois donc répondre le contraire par des faits certains : d'abord la quantité de nobles et de plébéiens royalistes qui occupaient les places civiles et militaires, et qui plus d'une fois partagèrent la gloire, les travaux et les malheurs des Lyonnais, déposent assez contre cette assertion.

Les républicains assiégeans et autres n'en doutaient point ; leurs placards, annonces ou décrets incendiaires montraient Lyon comme l'un des foyers du royalisme ; ils proclamaient que M.gr Comte d'Artois était caché dans l'Hôtel-Dieu, lorsqu'ils l'incendièrent avec une fureur si barbare. L'on sait qu'on incendia traîtreusement l'arsenal, la veille de St-Louis, etc., et que la reddition de Lyon le 9 octobre, entraîna la mort de MARIE-ANTOINETTE au 16 octobre 1793 : et mille

autres faits prouvent encore que de nobles sentimens dirigeaient l'ame
des Lyonnais ; que dès le lendemain de l'entrée des Crancéens on
mit en effigie sur la place des Terreaux le simulacre de Louis XVI,
dans l'attitude d'un patient sur l'échafaud, dans la vue de vexer les
Lyonnais.

On sait enfin que plusieurs bataillons, entr'autres les canonniers,
portaient la cocarde blanche ; c'était, avec un point vert, la couleur de
l'armée montbrisonnaise ; d'autres corps plus politiques n'en avaient
point ou n'en avaient de tricolores que pour la forme. On sait que les
armées toulonnaise, marseillaise, piémontaise et suisse devaient se
réunir à Lyon avec les princes. Monsieur, Charles X, avait quitté
dès-lors le château de Montgalet près Turin, pour se rapprocher de
nos murs. On sait enfin que Lyon était signalé au parti régicide qui
dominait la Convention, pour avoir invité Louis XVI à se réfugier
dans ses murs, en décembre 1789, comme sous Henri III, en 1588,
après la défection de Paris. Ainsi elle devint en 1793 l'objet des per-
sécutions des terroristes pour avoir sollicité ses Rois à venir s'établir
dans ses murs.

Personne n'ignora que l'envoi du comte de Bésignan à Lyon n'eût
le même objet : Reverchon n'en douta pas d'un instant, lorsqu'il fit
arrêter quantité de royalistes qui voulaient, disait-il, conspirer encore pour le retour des princes ; la personne chargée de la liste ayant
été arrêtée en Savoie.

Et quand on supposerait que l'administration n'avait alors pour
but que de résister à l'oppression, ce qui n'est pas exact, quand on
a reconnu les principes monarchiques des autorités du temps, on ne
contesterait pas que la partie administrative militaire ne l'eût vingt
fois emporté sur la faible partie civile hésitante qui lui était sou-
mise ; les chefs militaires qui en grande partie étaient nobles, artistes ou négocians, avaient pour eux la confiance et l'obéissance des
bourgeois ; leurs chants guerriers, la discipline et le bon esprit des
officiers municipaux étaient connus ; aussi ont-ils presque tous péri
sous les coups de la terreur, annonçant avec la masse des victimes
qu'ils mouraient pour leur Dieu et leur Roi. Personne ne doute que
si Lyon eût gagné la partie, elle n'eût été la capitale de la France, la
ville la plus florissante du monde. Avouons donc ici que les Lyonnais lièrent à leur résistance à l'oppression, la cause sacrée de la
légitimité, de la paix, du commerce, de la prospérité, des beaux
arts.

M. Mouton de Fontenille, auteur et professeur d'histoire natu-
relle de la ville, né à Montpellier, servit comme officier dans Lyon,
et tour-à-tour comme chef de pompiers ; rien n'était égal à l'attention, à la vigilance qu'on déployait sur tant de points où les bombes
et les boulets rouges pleuvaient en masse. Alors, pour diminuer

leurs effets ; on avait placé des pompiers sur les toits de distance en distance. Il y en avait au béfroi de l'Hôtel-de-Ville pour avertir à haute voix ou par un signe convenu, de la direction des bombes, afin que les pompiers distribués dans les 32 sections, se transportassent au lieu incendié.

La maison de l'intendant Imbert-Colomès fut atteinte de la 5.e bombe qui y fit un dégât épouvantable. Plusieurs planchers furent transpercés, le feu prit à son faîte. M. Monton à la tête de ses pompiers accourut, enfonça soudain une porte, et trouva au milieu des flammes et des décombres un homme qui vint à lui ; il était depuis long-temps retenu au lit par une attaque de paralysie ; la bombe par son fracas avait produit en lui une guérison subite.

On m'a raconté qu'il est tombé le même jour sur une maison de l'un des angles de la place Confort, 250 bombes, boulets ou obus ; dans une autre rue, 60 personnes périrent réfugiées dans une cave par l'effet successif de deux bombes qui les ensevelirent sous les décombres. D'autres éclataient sur plusieurs points à la fois, avec les mêmes dangers, les mêmes malheurs. Ici, c'est une mère qui périt sous l'éclat d'une bombe avec l'enfant qu'elle allaite ; là, c'est une jeune personne qui voit sa compagne disparaître à ses côtés : ailleurs, c'est un malade fugitif, un vieillard qui ont un membre enlevé par le boulet assassin ; sur eau, sur terre, sur les collines on est si vivement pressé qu'on n'est en sûreté nulle part ; dans les maisons, dans les rues, mêmes dangers, même crainte. Est-ce ainsi, cruels républicains, qu'on a épargné Lyon ! eh ! je vous le demande, est-ce en faisant tirer sur Lyon plus de 6,000 bombes et 33,000 boulets de 12, 16 et 24, et 18,000 de 4 et de 8, à boulets rouges et à brûlots ! est-ce en incendiant l'hôpital et l'arsenal, en fusillant nos prisonniers lorsqu'on en proposa l'échange à deux pour un ! est-ce en mitraillant ou guillotinant tant de probes et éclairés citoyens au nombre de plus de 2,000, après leur avoir assuré le glorieux oubli du passé ! est-ce en démantelant nos murs, démembrant le département de Rhône-et-Loire, démolissant les maisons, tout en assurant qu'on respectait les propriétés ! est-ce en promenant avec l'instrument de mort les têtes sanglantes des milliers de victimes de tout sexe, de toute condition, dont la vue fit blesser tant de femmes enceintes ; d'autres qui se sont noyées de désespoir, ou pour fuir les coups parricides !..

Eh ! que pouvaient faire de plus vos barbares proconsuls ! passer la charrue sur ses ruines, ce que projetait déjà Collot dans son plan atroce de disperser les tristes débris de la population, lorsque enfin, la chute du tyran et des siens arriva pour le salut de la France.

P. S. Le 30 mai, MM. Rozier, Martinière et de Fréminville, administrateurs du département, allèrent proclamer dans les rues et places de la ville, la suspension de la municipalité ; la gendarmerie à cheval, les trompettes et tambours les précédaient.

Le soir on illumina la ville, et partout on les accueillit avec les transports de la reconnaissance.

(M. de Fréminville fils est conseiller de préfecture.)

Parmi les Lyonnais défenseurs qui ont été omis, on doit citer

M. Carton de Grammont.

Le baron de Gérando, conseiller d'Etat.

Le baron Rambaud, maire de Lyon, ex-officier.

M. Mongès, chevalier de St-Louis, membre de l'Institut et de plusieurs académies.

Le baron de Nervo.

M. Greppo, capitaine de grenadiers, décédé naguère.

(L'un de ses fils, l'abbé Greppo, est chanoine et grand vicaire à Belley.)

MM. Domingeon et Gaucher, commandans de bataillon.

M. de la Roue, *idem.*

M. de Lacroix-Laval, décédé. (Le fils est conseiller de préfecture.)

M. Menoux, avocat, conseiller de préfecture.

M. le chevalier de Montuel.

M. de Cotignon, chanoine d'Autun, un des braves grenadiers du port du Temple.

M. l'abbé Neyrac, curé de la Guillotière.

M. Fleur-de-Lys, maire de Rive-de-Gier.

M. Mollet, de plusieurs académies, auteur aimable et érudit, fut sauvé de la mort par Fouché.

MM. Roux et Miége, négocians.

M. Valois père, avoué.

M. Brun, concierge du monument.

M. Reyre, aide-de-camp de Précy.

M. de Momigny, auteur et marchand de musique.

M. Bernadon, capitaine, aide-de-camp de M. de Grammont.

MM. Tamen, Guillot, Gingenne, officiers lors du siége, et un quatrième qui est aux Invalides, ont obtenu de Louis XVIII une pension et la croix ; ils sont tous quatre couverts d'honorables cicatrices.

M. D'Albon (André-Suzanne), né à Lyon le 15 mai 1761, descend du maréchal de St-André, dont la famille ancienne portait le titre de princes d'Yvetot. Les seigneurs de ce pays s'étaient fait appeler dès 534, rois d'Yvetot, que Louis XI changea en celui de principauté. Il obtint, à 17 ans, une compagnie de cuirassiers ; émigra en 1791 ; servit dans l'armée royale, sous les ordres des princes français (1). La ville de Lyon étant assiégée par l'armée sous les ordres de Kellerman et Cran̄cé, M. d'Albon se rendit à Berne pour engager les Suisses à concourir avec les princes à la défense de Lyon; mais ces cantons étant guidés par d'autres intérêts, il fut contraint de retourner en Allemagne, où il demeura jusqu'en 1801. Alors il revint à Lyon, épousa M.lle de Viennois, descendante d'Humbert II, dauphin de Viennois.

En 1813, M. D'Albon fut nommé maire de Lyon; c'est lui qui, le premier, fit placer le drapeau blanc dans cette ville, et refusa de livrer les armes de l'arsenal aux défenseurs de Bonaparte. Au second retour du Roi, il fut élu membre de la chambre des Députés; il siégea au côté droit; il se signala par un discours sur la loi de l'amnistie, qu'il termina ainsi : « Les régicides seront bannis de France à perpétuité; une peine convenable sera infligée à quiconque enfreindra son ban, et leurs biens serviront à payer les frais de la guerre. »

(L'exil des régicides conventionnels date de ce moment.)

M. Ravez, président de la chambre des députés, est né à Rive-de-Gier, l'an 1770; il s'attacha en 1791 au barreau de Lyon, y déploya de grands talens et du courage dans la défense des prêtres insermentés : on le vit combattre avec un rare courage dans les rangs des Lyonnais.

Après la reddition de Lyon, il eut le bonheur d'échapper à la faux révolutionnaire; il se retira dès-lors à Bordeaux où il se fixa. Dès le retour des Bourbons, ses rares qualités et ses talens l'ont fait nommer député par le département de la Gironde; bientôt après il eut l'honneur de présider la chambre dont il était membre.

(1) M. le baron de Tauriac, ex-chef de bataillon, actuellement l'un des gentils-hommes de la chambre du Roi; M. de Varax, maire de Vaise; M. le baron des Adrets, ex-maire de la Croix-Rousse, et son parent le marquis d'Autichamp, lutèrent avec une égale ardeur pour venir grossir le nombre des défenseurs Lyonnais; mais empêchés, ils n'allèrent pas moins rejoindre l'armée des princes combattant pour la même cause.

LETTRE INÉDITE

De feu M. le général comte de PRÉCY, écrite à un de ses amis, M. de P****, qui lui avait demandé l'histoire de la sortie et de la retraite des Lyonnais, après le mémorable siége qu'ils avaient soutenu en 1793.

————◆————

St.-Agathe-sur-Loire, Mars 1794.

Mon fidèle ami,

C'est après cinq mois d'une vie errante et fugitive, passée dans les bois, dans les cavernes, dans des greniers, caché dans la paille ou le foin, que jouissant d'un peu plus de tranquillité, quoique toujours sous la hache de la tyrannie, j'entreprends de décrire les événemens relatifs au siége de Lyon;

Je l'entreprends avec plaisir, surtout pour vous, mon ami; il me sera difficile d'entrer dans de grands détails; je n'ai pu conserver aucun papier, j'ai même déchiré jusqu'à des billets faits par des personnes que j'ai craint d'exposer, si j'étais découvert; il ne me reste donc que ma mémoire, et j'en ai peu; mais je vous promets une entière vérité.

L'histoire de ma retraite et de ma sortie est, dites-vous, ce qui vous intéressera le plus. La voici :

Le 8 octobre 1793, Lyon avait soutenu 63 jours de siége, et Lyon aurait résisté plus long-temps sans doute, mais il lui fallait résister à l'ennemi de tous le plus terrible, à la faim. Lyon ne s'est point rendu. Les ennemis n'ont pénétré dans ses murs, que lorsque les Lyonnais en sont sortis eux-mêmes, que lorsqu'ils ont fait leur retraite. Je doute que beaucoup d'opérations militaires aient souffert de plus grandes difficultés; celles que j'avais à surmonter dans la ville même n'étaient pas les moins alarmantes.

La division y avait été jetée par les menées des Jacobins, et cette faction atroce, devenue plus hardie, ne demandait qu'à se rendre. Annoncer hautement une retraite dans une pareille situation, c'eût été vouloir exciter un soulèvement; les administrateurs et les braves Lyonnais se seraient alarmés; presque tous avaient des femmes et des enfans, une fortune, ils auraient cru qu'ils étaient abandonnés; le parti jacobin se serait hautement insurgé; l'ennemi eût été instruit de nos mouvemens, les portes lui auraient été ouvertes, et Lyon était livré au feu, au pillage, à toutes les horreurs d'une ville prise d'assaut, par des soldats furieux de sa résistance, et dont la rage était encore excitée par les horribles calomnies de leurs chefs.... d'un *Dubois-Crancé*, d'un *Collot-d'Herbois!*

Une retraite était d'autant plus difficile qu'il fallait pour ainsi dire en dérober jusqu'à l'idée; je puis le dire affirmativement, il n'y avait que la prudence à employer pour connaître les sujets qui voudraient en être, se contenter de ceux qui auraient cette volonté, et ne point les prévenir hautement avant le moment-même.

La sortie était assez annoncée par l'état où se trouvait la ville, et chacun pouvait se regarder comme averti; j'avais encore dit constamment et hautement que du moment que la ville capitulerait avec ses ennemis, je saurais agir avec ceux qui voudraient me suivre; j'avais même fait une proclamation dans ce sens, et cependant le 6 les sections.... le comité général avaient nommé des députés pour aller parlementer avec les représentans qui étaient allés à Ste-Foy; démarche que je m'étais efforcé d'empêcher, mais que je ne pus retarder; ainsi d'un moment à l'autre l'on devait s'attendre à la sortie; je prévoyais dès long-temps les dangers de cette entreprise, et je m'en étais occupé sérieusement; j'avais prié les commandans des postes extérieurs, et plusieurs chefs de bataillons de sonder les esprits, mais leurs rapports variaient chaque jour, et je ne pouvais m'arrêter à rien de fixe.

Beaucoup, depuis près d'un mois, demandaient une sortie, pour avoir des vivres; cela était impraticable; beaucoup voulaient emmener femmes, enfans, voitures; je ne pouvais m'y refuser; le plus grand nombre demandait que la sortie ne fût plus différée; c'était la voix dominante; j'ai même été vivement sollicité d'y adhérer dans des conseils tenus à cet effet, à différentes époques du siége, mais j'ai constamment refusé. Le courage et l'énergie pouvaient seuls sauver Lyon. Je savais bien qu'en me retirant beaucoup plus tôt, et avant que d'être totalement cerné, j'agirais pour ma sûreté, et pour celle des individus qui m'auraient suivi :

J'y ai été non-seulement sollicité, comme je l'ai déjà dit, mais encore il y a eu par des officiers qui n'étaient pas de Lyon, des manœuvres et des intrigues pour m'y forcer; j'ai toujours rejeté les lâches conseils. J'aurais cru trahir la confiance et le devoir, si je m'y étais rendu; je pouvais d'ailleurs être secouru ou favorisé par les événemens. Que l'on examine la situation de la France à cette époque, et l'on verra si mon espoir ne devait pas me paraître fondé. L'ouest de la France menaçait Paris qui n'était pas tranquille; Marseille était cerné; plusieurs départemens partageaient l'esprit de celui de Rhône et Loire, et il pouvait pareillement se former des réunions pour résister à l'oppression....

Tels étaient mes motifs pour espérer et pour combattre jusqu'à la dernière extrémité; et si un seul s'était réalisé, si Lyon avait été secouru par une diversion, la France n'aurait pas été, et ne serait pas encore inondée du sang de ses citoyens les plus vertueux. Cette ville, je le répète, ne pouvait se soustraire à ses tyrans que par les armes : elle a prouvé que l'on peut, que l'on doit tout entreprendre avec du courage, et le Lyonnais a fait tout ce que l'*homme* peut faire.

Une ville immense, sans fortifications, défendue par ses seuls habitans, manquant de tout ce qui est nécessaire à une place de guerre, a soutenu un siége de soixante-trois jours, attaquée par un ennemi implacable, dont le conducteur réunissait tous les pouvoirs, et ne craignait pas d'user de tous les moyens les plus destructeurs et les plus odieux, l'incendie, le boulet rouge, le bombardement, la trahison, la perfidie, la calomnie, enfin tout ce que peuvent des lâches, soutenus d'abord par une armée de 50 à 60,000 hommes ; (vers la fin le nombre avait doublé) dont les deux tiers étaient aguerris, armés, bien pourvus de vivres et de munitions de toute espèce, ayant un corps de génie et d'artillerie formidable, une nombreuse cavalerie, enfin tout ce qui assure le succès.

Mais quelqu'effrayantes que dussent lui paraître ces forces, le Lyonnais avait pris le seul parti qui eût pu le sauver : Lyon ne pouvait se flatter d'échapper par la soumission à la haine, à la vengeance des tyrans de la France : sa ruine ainsi que celle de toutes les grandes villes de commerce, avait été arrêtée dans leurs comités secrets, et les causes et les motifs qui la leur avaient fait jurer, étaient de nature à n'être jamais oubliés, pardonnés par de tels monstres; les voici :

1.º Les richesses.

2.º L'esprit aristocratique, c'est-à-dire celui de vouloir un gouvernement légitime, (on ne doit pas oublier qu'alors les républicains ne faisaient point de distinction entre aristocrate et royaliste,) la sûreté de sa personne et de sa propriété, et la résistance aux principes de *Challier.*

(95)

3.° La journée du 29 mai.

4.° La retraite donnée aux députés victimes du 31 mai à Paris.

Que de raisons pour expliquer la haine implacable de la Convention et sa résolution de détruire Lyon. Sa conduite n'en est-elle pas la preuve la plus évidente? avait-elle envoyé des commissaires? (*) ses représentans ont-ils ouvert avant ou pendant le siége quelques voies d'accommodement? suspendait - elle l'exécution de ses horribles projets lorsque Lyon consentit à la reconnaître et ses décrets, sauf ceux de localité, et qu'elle envoya à cet effet trente-deux députés. Tout se réduisait de sa part à des *mettez bas les armes*, nous voulons remettre le bon ordre dans votre ville, et y rétablir l'*ancienne Municipalité*. Cela ne signifiait-il pas clairement : nous voulons vos têtes, vos millions, nous voulons les avoir sans que vous puissiez les défendre, nous voulons vous régir sous notre bras de fer, et nous le voulons au nom de la liberté ? Ainsi, Lyon avait suivi la voix impérieuse de la nécessité et de l'honneur..... Et le jour viendra, je n'en doute pas, où non-seulement cette ville, mais où la France entière sera fière de sa résistance : elle était digne d'un meilleur succès; mais il a fallu enfin céder à la fortune, ou plutôt à la faim, et penser sérieusement à faire une retraite honorable; c'était le but de tous mes efforts.

J'avais contribué le 6 à retarder la députation des sections, mais l'assemblée générale l'avait envoyée le 8. J'en prévoyais l'inutilité, mais je ne pouvais raisonnablement m'exposer à une démarche dont quelques-uns espéraient une capitulation; le seul moyen d'obtenir des conditions, était d'en imposer par la fermeté, l'énergie, et de faire prendre les armes à tout le monde indistinctement, même aux administrateurs. Je m'étais rendu à cette assemblée

(*) Robert Lindet, ex-évêque, vint d'abord à Lyon en cette qualité; mais la convention ne fit pas cas de son rapport.

pour y faire sentir la nécessité de ces mesures; mais je m'aperçus que le parti jacobin se faisait craindre; je vis bien qu'il n'y avait plus à délibérer, et qu'il fallait se retirer; je ne croyais pas cependant, je l'avoue, d'être forcé d'exécuter ma sortie cette nuit-là même; je voulais attendre le résultat de la députation des sections; bien persuadé que la réponse des féroces proconsuls serait des ordres de se rendre, avec des menaces horribles, et qu'alors beaucoup de Lyonnais ne doutant plus de leur situation, se décideraient à quitter leur ville.

Ce parti était dicté par l'étude et la connaissance des esprits, car on était généralement disposé à rester; les uns espéraient pouvoir se cacher, les autres disaient « et » que peut-on nous faire? » Et Lyon doit les plaindre, loin de les blâmer de n'avoir pas soupçonné toute l'atrocité de leurs ennemis. Mais si les Lyonnais avaient senti leurs véritables intérêts, ils auraient suivi mon conseil, et se portant en masse aux portes et aux remparts, ils auraient intimidé et peut-être obtenu des conditions; ce mouvement aurait eu de plus l'avantage de faciliter ma sortie, et de la rendre plus nombreuse.

Le 8, vers 6 heures du soir, l'ennemi mit le feu au collége St-Irénée, et profita de cet accident pour attaquer la porte de ce nom; elle avait été presque évacuée ainsi que celle de Trion, et il l'emporta après une légère résistance; mais il fut arrêté par des batteries et des retranchemens qui avaient été élevés à la réunion des portes de St-Irénée et de Trion.

Cet événement ne me décida pas encore sur-le-champ à la sortie : la porte de Trion et la batterie de Loyasse n'étaient point forcées; l'ennemi avait été arrêté et ne faisait point de progrès, et j'espérais me soutenir la journée du 9; mais ayant appris vers dix heures du soir que la porte de Trion ne pouvait plus tenir, que les canonniers de la batterie de Loyasse l'avaient tous abandonnée, à l'exception de *cinq*; enfin que le poste qui devait la soutenir s'était retiré; je vis alors que la sortie était obligée, puisque l'ennemi pouvait pénétrer sur plusieurs points à la fois. Je m'y résolus donc aussitôt : j'envoyai sur-le-champ aux commandans des travaux Perrache, des portes St-Georges et St-Clair, des Brotteaux, des faubourgs St-Just, de Serin, de Vaise et de la Croix-Rousse, l'ordre de retirer leur artillerie, de faire leur retraite, et de se rendre à Vaise avec les hommes de bonne volonté; je fis battre trois fois la générale avec invitation aux citoyens qui n'occupaient pas les postes extérieurs, de venir se former sur la place des Terreaux; je crus cependant ne pas devoir rassembler les bataillons; je craignais les Jacobins. Je fis donner ordre à la cavalerie de se réunir à Serin à l'escadron de Montbrison, et je devais prendre de l'artillerie à la *Claire*; je l'y avais fait conduire; c'est le moment où j'avais arrêté mon plan de retraite : les différens commandans exécutèrent leurs ordres avec intelligence.

Je ne quittai l'Hôtel-de-Ville qu'à trois heures du matin, et après avoir donné les ordres que je crus nécessaires; j'avais fait couper le pont de bateaux de la Saône et établir une batterie sur le pont de *Pierres*; je craignis que le détachement de la porte St-Georges ne fût coupé, et le désordre d'une pareille retraite si j'étais attaqué.

Je m'étais rendu au bas de Serin pour y recevoir les différens détachemens qui devaient y passer pour se rendre à Vaise; et je leur ordonnai successivement de gagner l'enclos de la *Claire*. Il était encore de trop bonne heure pour qu'ils fussent tous arrivés au rendez-vous, plusieurs devant traverser Lyon dans toute sa longueur et faire ainsi plus d'une lieue. Lorsqu'il en eut passé un certain nombre, je me rendis moi-même à la *Claire*.

J'ignorais ce qui devait composer ma sortie, je ne trouvais que des débris de compagnies, et des individus isolés;

13

j'espérais avoir deux ou trois mille hommes, je n'en eus que sept cents. Je fus obligé de compter moi-même les hommes, de former les compagnies, de nommer des officiers, de composer une avant-garde, un corps du centre et une arrière-garde ; je n'étais point aidé, et jamais, non jamais il ne s'est vu un travail aussi difficile ; qu'on ajoute à cette fatigue toutes les peines de l'ame, et l'on n'en aura encore qu'une bien faible idée.

On me demandera peut-être pourquoi je n'ai pas opéré ma sortie de nuit. Je répondrai que cette manœuvre bonne quelquefois, ne convenait pas à ma position, et que j'aurais tout au plus pu l'entreprendre avec des troupes de ligne. Je répondrai surtout qu'obligé de faire pendant le jour une disposition de retraite que je ne pouvais plus dérober à l'ennemi, et livrant de nuit la ville à son pouvoir, c'était l'abandonner à un pillage certain ; j'en suis encore persuadé ; ce n'est point une vaine excuse que je cherche, j'en ai agi, et je parle d'après ma conscience.

Les dispositions que je dus faire prirent du temps, elles n'occasionnèrent cependant point de retard, puisque M. de *Virieux* ne put arriver qu'à 8 heures et demie, ayant exécuté sa retraite très-difficile de la Croix-Rousse, en bon officier et avec toutes les précautions nécessaires. M. de *Clermont-Tonnerre* arriva avec lui à la tête du détachement de la porte St.-Georges, dont il avait le commandement. Je composai mon avant-garde d'une compagnie de chasseurs de 80 hommes, et ma cavalerie qui pouvait être de 120. J'en donnai le commandement à M. de *Rhimberg*. Le corps du centre fut formé du fond de deux bonnes compagnies, de beaucoup de Lyonnais de différens corps et bataillons, et d'habitans de la campagne que je formai par compagnies, auxquelles j'attachai des officiers ; j'en pris le commandement ayant sous moi M. *Burtin de la Rivière.*

L'arrière-garde formée des deux détachemens de la Croix-Rousse et de la porte St.-Georges fut commandée par M. de *Virieux*. Je ne pris que 4 pièces de canon ; je plaçai la première à la tête de la colonne du centre , et la seconde en arrière de cette même colonne , les autres après le détachement de l'arrière-garde. L'avant-garde pouvait être de 200 hommes , le centre de 300 , et l'arrière-garde de 200 hommes ; ce qui faisait un total de 700.

Ce corps était bien faible , mais je suis encore persuadé qu'il aurait échappé à ses ennemis , s'il n'avait point eu d'artillerie , ni rien qui pût retarder sa marche , et si, tous à pied , ils eussent voulu obéir strictement , et ne point se séparer individuellement ; mais le canon était nécessaire pour donner plus de confiance , et beaucoup d'administrateurs , d'aides-de-camp , d'officiers qui n'appréciaient pas bien le genre de danger qu'ils allaient courir , s'attachèrent au corps de cavalerie ; beaucoup y ont péri qui se seraient sauvés à pied. Je m'occupais depuis près d'un mois de la partie que je pourrais forcer , ce qui variait à mesure que le siége se prolongeait , et devenait plus difficile par les renforts que recevait l'ennemi , et par son rapprochement de la ville ; il était à la fin fort de 50 à 60 mille hommes de bonnes troupes (sans compter les levées en masse des départemens voisins ;) Lyon était totalement cerné : des redoutes , des batteries étaient établies sur toutes les hauteurs , et sur les routes qui de plus étaient encore coupées en plusieurs endroits ; l'ennemi était maître de Ste-Foi , de toutes les maisons de campagne depuis Ste-Foi jusqu'à Vaise , des villages de St-Rambert , de St-Cyr , de la Duchère , de la grande route de Villefranche , de tous les villages depuis la Saône jusqu'au Rhône , avec des positions en arrière , de tout le terrain depuis le Rhône jusqu'au faubourg de la Guillotière ; toute cette partie , ainsi que la Saône et le Rhône , était for-

tifiée, hérissée de canons, gardée par un corps de 12 à
15 mille hommes d'infanterie et par un gros de cavalerie;
je n'avais pour but que de gagner la Suisse, comme la
partie la plus rapprochée de Lyon, qui nous offrait un
exil sûr. Je ne le pouvais tenter par les Brotteaux, ce
côté, je viens de le dire, était trop fortifié; je trouvais
les mêmes dangers par les portes de St-Clair et de la Croix-
Rousse, où j'aurais eu ces mêmes forces à combattre.

Je n'avais vu qu'un seul point à pouvoir espérer de
forcer, celui des villages de St-Rambert et de St-Cyr.
Tous les renseignemens que j'avais pris m'assuraient que
les chemins de traverse n'étaient point coupés ni retran-
chés dans cette partie, et je m'en étais assuré moi-même
par les reconnaissances que j'en faisais depuis 15 jours,
des hauteurs de Cuir et des terrasses des maisons de la
tour de la *Belle-Allemande*. L'enclos de la *Claire* faci-
litait encore mon rassemblement : il était caché à l'ennemi
par des murs et par des arbres, et il y avait pour sortir
deux portes qui n'étaient point à la vue de ses batteries.

Il pouvait être 9 heures, je donnai ordre à l'avant-
garde de sortir, de longer la Saône, et de remonter dans
le village de St-Rambert; j'en pris moi-même le chemin
par la route ordinaire avec le corps du centre, et j'ordonnai à l'arrière-garde de me suivre, surtout de ne pas
laisser d'intervalle entre elle et moi.

Mes colonnes débouchent par la place de Vaise et elles
essuient jusqu'à l'entrée des maisons de St-Rambert un
feu foudroyant de cinq batteries parfaitement établies,
servies par des canonniers de ligne; mais ce feu ne les
arrête point, intrepides elles s'avancent et marchent sur
les postes ennemis placés sous les murs et les haies qui
bordent la place de Vaise, elles les emportent successivement tous, avec la vigueur la plus brillante; un instant
cependant elles paraissent étonnées; elles s'avançaient
sur St-Rambert par un chemin très-encaissé, et l'ennemi

qui avait des postes sur l'un de ses côtés, redoublant un
feu que sa position rendait très-meurtrier, cause un léger
mouvement dans les premiers pelotons : sentant à l'instant
tout notre danger, je prends moi-même deux pelotons
du centre et leur faisant gravir le côté opposé du ravin,
je les mets en bataille vis-à-vis l'ennemi ; la nature du
terrein me permettait de lui riposter par-dessus la colonne,
qui tirait elle-même de côté, et leur feu vif et bien dirigé
replie bientôt l'ennemi.

Ce mouvement fut décisif, et ma colonne put alors con-
tinuer sa marche : arrêtée dix minutes seulement, tout
périssait, tout était pris par les renforts qui arrivaient à
l'ennemi de son camp de Limonest ; l'action fut très-
meurtrière, surtout pour les deux pelotons que je tirai du
centre ; j'éprouvai là un des momens les plus déchirans
de ma vie, et mon âme se brise encore à son souvenir ;
cinq ou six jeunes gens dangereusement blessés, s'écriaient
douloureusement : général ne nous abandonnez pas, nous
sommes perdus, emmenez-nous, général. Hélas ! je n'en
avais pas la possibilité. Brave jeunesse, recevez l'hommage que ma sensibilité paye à votre bravoure et à vos
malheurs ; je me retrace sans cesse ce moment affreux, et
mes larmes coulent et couleront toujours à ces douloureux tableaux. J'avais perdu à ma première attaque M.
Burtin de la Rivière, officier d'un grand mérite, qui
avait commandé avec distinction le poste de St-Clair : je
le vis tomber à côté de moi.

Sous lui les Lyonnais firent dans toutes ces différentes
attaques beaucoup de prisonniers ; et malgré sa position
affreuse, malgré tout ce qu'il avait souffert, malgré le
sort qui l'attendait (il n'en pouvait douter,) tout ce qu'il
avait laissé de cher dans Lyon, malgré que la mort eût
été donnée sur-le-champ aux prisonniers qu'on lui avait
faits pendant le siége, tandis qu'il traitait avec douceur
ceux qu'il faisait, il veillait lui-même à leur sûreté, les

défendait contre quelques individus justement irrités du
traitement commis sur un père peut-être, ou un frère;
il traitait comme ses concitoyens les blessés dans cet
hôpital qu'*Attila même eût respecté*; et qu'un *Dubois de
Crancé* se vante d'avoir donné pour but à ses canonniers.
Eh bien! malgré tous les motifs que pouvait lui suggérer
la vengeance, le Lyonnais toujours maître de lui, laissa
la vie à son ennemi dont il se contenta de briser les
armes.

Ma cavalerie et mes chasseurs, formant le corps de
l'avant-garde m'avaient rejoint dans le village de St-
Rambert, après avoir essuyé dans leur marche un feu
très-vif. Mais j'étais inquiet de mon arrière-garde, je me
portai en arrière de ma colonne, et je la vis qui débou-
chait à quatre cents pas de moi, et marchait en bon ordre.
Je fus alarmé de cet intervalle; je ne pouvais cependant
aller à elle, ni attendre; je gagnai la tête de mon avant-
garde qui attaquait les postes ennemis.

Les postes furent tous forcés; cependant l'arrière-garde
n'arrivait pas. Mes alarmes redoublèrent, elles n'étaient
que trop fondées; M. *Durour*, un de mes aides de camp,
qui me rejoignit près du village de St-Cyr, m'apprit qu'elle
avait été coupée à l'entrée de St-Rambert, et que son
retard avait été occasionné par l'explosion d'un caisson,
auquel un obus avait mis le feu, en débouchant de la
Claire : voilà les seuls renseignemens que j'ai eus sur ce
corps.

M. *Durour* avait lui-même couru les plus grands dangers. Au village de St-Rambert il commandait la pièce
d'artillerie qui suivait le corps du centre; attaqué à l'entrée du village par un corps supérieur au sien, il ne s'était
dispersé qu'après une vive résistance, et fut forcé d'abandonner la pièce qu'il fit enclouer; je présumais que ce
corps était composé de différens postes que j'avais déjà
battus et qui s'étaient ralliés près du village; il avait pro-

bablement reçu des renforts du camp de Limonest, comme je l'avais craint, et il se trouva assez fort pour arrêter et couper mon arrière-garde.

Mon projet était de passer la Saône au-dessous de Tré-voux, de gagner le département du Jura et les montagnes de St-Claude qui touchent à la Suisse. Les chemins étroits de St-Rambert et de St-Cyr retardaient ma marche, mais j'étais forcé de les prendre pour éviter le camp de Limo-nest. Le terrain que j'avais ensuite à traverser m'était avantageux, mais il fallait marcher rapidement et n'avoir rien à sa suite ; la seule pièce de 4 que j'avais avec moi, et dont l'essieu finit par se rompre, retarda ma marche de deux heures de temps, bien précieuses.

Après avoir traversé le village de St-Cyr, et une heure environ de marche, mes malheureux camarades se livrè-rent à la joie. Leur peu d'expérience les empêchait de voir que le danger était loin d'être passé ; tous se félicitaient et plaignaient ceux qui étaient restés dans Lyon. Que mes réflexions étaient différentes et pénibles ! mon arrière-garde coupée, mes canons enlevés ou abandonnés : je prévis dès-lors qu'il y avait peu de probabilité de nous sauver.

Nous marchâmes environ près d'une lieue sans rien apercevoir, lorsque vers une heure, il parut en arrière une tête de colonne, tous se mirent aussitôt à crier que c'était l'arrière-garde, mais c'était l'ennemi ; des colonnes de cavalerie, d'infanterie, d'artillerie débouchèrent. A cette vue toute ma troupe jeta un cri : *gagnons les hauteurs*. Je voulus en vain la retenir et y maintenir l'ordre.

Arrivé sur la hauteur je portai rapidement en avant la cavalerie et les chasseurs. Je formai l'infanterie et la mis en bataille adossée à un bois. Cependant l'ennemi avançait, tirait du canon, et ses tirailleurs approchaient, j'aperçus en même temps des colonnes d'infanterie et de cavalerie sur la rive gauche de la Saône ; je vis dès ce moment l'impossibilité de passer cette rivière et de résister aux forces qui allaient nous attaquer. Je renonçai donc au projet de gagner la Suisse , et je me décidai sur-le-champ à me jeter dans des lieux difficiles , et à me retirer dans les montagnes du Forez et du Beaujolais , où nous aurions eu la possibilité de nous maintenir long-temps ou de nous diviser individuellement avec l'espoir de trouver des retraites sûres ; je fis mes dispositions en conséquence.

La hauteur où je me trouvai au moment d'être attaqué , est située entre les villages de Colonges et de Poleymieux , un terrain coupé , difficile , planté de bois , me séparait de ce dernier village , et deux routes y conduisaient , l'une très-mauvaise , très-rapide , propre seulement pour des piétons ; je m'y jetai donc aussitôt avec tout mon corps du centre , uniquement composé d'infanterie ; j'envoie ordre à ma cavalerie et aux chasseurs de suivre par l'autre route , elle était à voie de char , mais il fallait un grand détour pour la prendre.

Je marchai dans le meilleur ordre possible , mais je m'aperçus que quelques individus espérant se sauver plus aisément en s'isolant , m'avaient déjà quitté dans le bois pendant ma marche ; arrivé au village , j'y fis une halte pour attendre ma cavalerie , j'avais de vives inquiétudes sur sa marche : elles n'étaient que trop justes : attaquée , en cherchant à gagner le chemin de Poleymieux , elle fut battue , dispersée et obligée de se débander. Je jugai de l'événement par son retard, et j'en eus la triste certitude ; en sortant de Poleymieux , je vis plusieurs malheureux des miens poursuivis , je leur fis inutilement signe de venir se *rallier à moi*. Ainsi je me vis encore privé de ma cavalerie et de mes chasseurs.

Ma position devenait à chaque instant plus douloureuse et plus critique. J'avais pris un guide au village , et je lui ordonnai de me faire traverser la grande route de Lyon à Villefranche, au-dessous d'Anse. Nous trouvâmes près du village de Chasselay une patrouille de hussards ; elle avait été envoyée dans ce canton pour lui faire prendre les armes en peignant les Lyonnais comme brûlant, tuant tout sur leur passage ; un de ces hussards fut tué ; je laissai le village sur ma gauche, et après avoir traversé la grande route, une demi-lieue plus loin au-dessous des *Echelles*, je gagnai la plaine en dirigeant ma marche sur les montagnes les plus voisines.

Je m'avançais vers le village de Morancey où le tocsin sonnait avec force ; j'en étais encore à un quart de lieue, lorsque je rencontre un *honnête fermier* qui consentit à s'y rendre, accompagné de deux des miens ; il rassura les habitans et le tocsin cessa : je le suivis de près et profitai de ce calme ; j'obtins du pain, du vin, qui furent généreusement payés ; et après une heure de repos, je me mis en marche pour le village d'Alix où j'arrivai à neuf heures du soir.

Nous étions tous harassés de fatigue, et tombant de sommeil ; j'hésitai si je passerais la nuit dans ce village : il offrait des ressources pour notre triste position ; mais la crainte d'être surpris, et la difficulté de faire tenir sur leur garde des hommes fatigués me décident. Une marche rapide pouvait seule nous sauver, l'ennemi que je jugeai bien avoir poursuivi mon avant-garde, et s'être ainsi éloigné de nous, pouvait à chaque instant revenir sur nos pas, et il m'aurait été impossible de gagner les montagnes. Je continuai donc ma marche, et j'arrivai vers les onze heures du soir dans les bois d'*Alix* ; il n'était plus possible de marcher sans avoir pris quelques heures de repos, et je dus, malgré toutes mes craintes, y faire halte.

L'histoire offre peu d'exemples d'une journée aussi frappante : une ville superbe, la seconde de la France, une des premières du monde par son commerce et ses richessés, livrée à la merci d'un ennemi féroce et impitoyable, irrité par sa défense inouie, et allant réaliser toutes les fureurs dont il l'avait menacée ; le faible reste de ses fidèles défenseurs, cherchant son salut dans sa valeur, coupé, dispersé, arrêté et destiné à l'échafaud ; le peu que j'avais pu conserver auprès de moi, errant, incertain de pouvoir se sauver : telle était notre position dans les bois d'*Alix*, le 9 octobre à minuit : je n'essaierai pas de décrire ce que je souffrais personnellement, mon état ne se rend pas !

Après deux heures de repos je me mis en marche en me dirigeant sur la petite ville du Bois-d'Oingt ; je devais nécessairement y passer en débouchant des bois d'Alix, je rencontrai à la croisée d'un chemin, un poste de 4 paysans ; je les interrogeai, ils me dirent qu'il y avait dans la ville un bataillon d'infanterie de ligne et du canon ; m'étant aperçu que ce rapport intimidait, je leur demandai s'ils pouvaient me faire éviter la ville en la tournant, ils me le promirent, mais ces scélérats me firent marcher pendant une heure, et me conduisirent dans un bois sans chemin, m'alléguant pour excuse qu'ils s'étaient égarés et ne connaissaient pas bien le pays ; cependant j'étais obligé de m'en servir, et je les fis garder à vue ; une demi-heure avant le jour j'envoyai deux personnes intelligentes avec des guides pour reconnaître les chemins et notre position ; leur rapport ne fut pas satisfaisant ; nous étions entre les villages de Thisy et de Bagnoles, et à une demi-lieue seulement du Bois-d'Oingt.

Dès la pointe du jour le tocsin se fit entendre dans toutes les paroisses, et je pus juger par le mouvement et le bruit que j'entendais autour de moi, qu'il allait se former de grands rassemblemens.

Plusieurs officiers me demandèrent la permission d'aller au village de *Bagnoles*, où d'après les promesses des guides ils espéraient être bien reçus. Ma position était trop périlleuse pour vouloir la faire partager forcément à qui que ce fût, et je la leur accordai volontiers : je les vis revenir une demi-heure après très-satisfaits. La *munici-palité* leur avait offert des passe-ports, en leur apprenant qu'il y avait dans toutes les paroisses ordre de sonner le tocsin et de courir sur nous. Sur ce rapport MM. de la *Chapelle* et de *Chamberon* désirèrent aussi aller au vil-lage ; je le leur permis avec plaisir, étant bien aise d'avoir d'eux un nouveau rapport avant de me décider à sortir du bois ; mais ne les voyant pas revenir au bout d'un certain temps, je pris la résolution d'en sortir : il pouvait être environ 6 heures.

Dès que ma troupe eut débouché, le tocsin redoubla de tous côtés, et je rencontrai aussitôt un grand attrou-pement de paysans qui criaient, pour ne pas dire ils hur-laient, de mettre bas les armes, de se rendre ; il fut facile de les contenir, et de me faire conduire à Bagnoles, mal-gré leurs efforts pour me faire rétrograder. Du bois au vil-lage, il pouvait y avoir un fort quart de lieue. Pendant ce trajet je fus accompagné par ces paysans ; leur nom-bre augmentait à chaque moment ; il arrivait même des chefs de légions et des officiers en uniforme.

En entrant dans le village, je demandai mes officiers : MM. de la *Chapelle* et de *Chamberon* parurent : ils me dirent qu'ils demeureraient volontairement, ayant affaire avec de bons et honnêtes paysans : je les assurai que je ne m'y opposais pas, mais que je me battrais jusqu'au der-nier moment avec ceux qui voudraient me suivre. J'ap-pris que dans la nuit deux Lyonnais avaient été arrêtés et mis en prison, je les réclamai, l'on faisait attendre, je menaçai, ils arrivèrent ; l'un d'eux était M. *Smith*, lieutenant-colonel, bon officier d'artillerie qui avait été chargé de la fonderie, lorsque la crainte l'avait fait aban-donner à l'entrepreneur, l'autre était un aide-de-camp de M. *Burtin*.

Je restai dans Bagnoles une heure au plus , et je fis donner à mes braves camarades du pain et du vin : pendant ce temps l'attroupement se fortifiait autour de nous ; on me donnait avis de partir, que nous allions être attaqués.

Je demandai un guide , et pris le chemin d'Amplepuy.

Je ne puis me refuser au plaisir de me rappeler la confiance et l'attachement que les Lyonnais m'ont constamment témoignés , et sans parler de leur constance héroïque à supporter sans se plaindre tous les dangers et les travaux , avec quelle indignation et quelle unanimité n'avaient-ils pas rejeté plusieurs fois les offres que *Dubois-Crancé* leur faisait d'une capitulation , aux conditions de lui livrer ma tête , et celle des principaux chefs ; j'éprouvai plus que jamais le bonheur d'être leur ami ; et c'est à ce sentiment que je dois sans aucun doute mon existence : tous m'engagèrent à changer de nom ; ils me donnèrent celui de capitaine Antoine , et il fut convenu qu'on dirait que j'avais été tué.

Je n'avais pas fait un quart de lieue après Bagnoles , que je vis un grand rassemblement de gardes nationales , de paysans , de femmes , d'enfans , qui débouchèrent en jetant des cris affreux ; les gardes nationales coururent aussitôt à la rivière de *Chessy* pour m'y couper le chemin d'Amplepuy , et se cachèrent derrière des haies et des arbres pour faire feu sans courir de risques ; je marchai serré autant qu'il me fut possible , n'osant séparer ma troupe craignant que de faibles détachemens ne fussent enveloppés ; d'ailleurs ils auraient tiraillé , retardé ma marche , et nous ne pouvions nous sauver qu'en gagnant du chemin. Le tocsin sonnait de tous côtés , je ne voyais partout que de nombreux rassemblemens , et je crus devoir quitter le chemin d'Amplepuy ; je dirigeai aussitôt ma marche sur les bois de St-Romain , en évitant les chemins et les villages ; j'espérais gagner de là les montagnes de l'Auvergne et du Velay. Cependant nous étions vivement pressés, et des tirailleurs commençaient à nous tuer des hommes. Le feu se dirigeait surtout sur M. *Restier* et sur moi, nous étions très-bien montés, et plus en évidence, aussi l'essuyâmes-nous jusqu'au bois de St-Romain.

M. *Restier* ne fut pas touché, je reçus deux balles, l'une dans mon chapeau, l'autre dans mes habits; je marchai souvent sur deux colonnes, et quelquefois en bataille, pour arrêter l'ennemi, allant à vol d'oiseau, autant que le terrain le pouvait permettre.

Forcé de passer près du village de St-Vérand, le tocsin redoubla à mon approche, un rassemblement fit feu sur mes deux colonnes, qui me demandèrent aussitôt à marcher sur le village; je m'y opposai; j'aurais sûrement réussi à dissiper ce rassemblement, mais cela ne pouvait nous sauver; je craignais que le moindre retard ne donnât aux troupes parties de Lyon, le temps de nous investir, et je continuai ma marche, en cherchant à traverser la grande route de Lyon à Roanne, et à éviter *Tarare*. Nous étions toujours harcelés, je perdais des hommes, et quelques-uns restaient aussi dans les bois que je cotoyais, espérant s'y cacher et s'y sauver.

Le tocsin nous suivait partout, les rassemblemens s'augmentaient à chaque instant; nous étions fusillés, on tirait sur nous avec une animosité, un acharnement tels, qu'on aurait pu croire que l'on chassait des bêtes féroces; et certes nous étions bien loin de justifier l'idée que l'on avait de nous; car je puis jurer sur mon honneur que depuis Lyon jusqu'à St-Romain, et quoiqu'exténués de fatigues et de faim, pas un de mes camarades, non, pas un, ne s'est permis de prendre un raisin, un seul fruit; il est tombé plusieurs paysans entre nos mains; j'en ai même arrêté un qui me lançait un coup de fourche; aucun n'a été maltraité, ni blessé; mais ces malheureux étaient si fortement prévenus, qu'aucune conduite ne pouvait les faire revenir; si je l'avais voulu j'aurais fait beaucoup de mal; je me félicite de ma conduite; et les hommes de bien me jugeront un jour; les scélérats qui ont tant calomnié les estimables Lyonnais, n'ont pu se rendre leurs imitateurs.

Toujours poursuivi et perdant des hommes par le feu de l'ennemi et la fatigue, j'arrivai à la grande route à une demi-lieue de *Pont-Charat*, il était 3 heures, je voyais devant moi à une demi-lieue environ les bois de St-Romain, et je me félicitais de pouvoir les gagner pour y prendre un repos nécessaire. Je ne pouvais pas voir encore les nombreux rassemblemens qui se formaient dans cette partie, je ne m'aperçus de ceux déjà formés sur la Croizette et du côté d'Avoge, qu'après avoir traversé la rivière de Tarare. A 4 ou 5 pas de cette rivière je fis halte, car il n'était plus possible de marcher sans quelques heures de repos; je choisis un plateau où je formai ma petite troupe à mesure qu'elle arrivait; telle était la fatigue de tous, qu'ils se jetaient par terre sans pouvoir se tenir debout.

J'avais aperçu à mon arrivée sur le plateau un corps de cavalerie d'environ 100 hommes tant dragons qu'hussards, qui vint se former en bataille à 400 pas en avant de nous; je vis sur ma droite des drapeaux et un corps que j'estimai de 3 à 4,000 hommes. Il pouvait y en avoir le même nombre sur ma gauche au-dessus d'Avoge, et au-dessous, toujours sur ma gauche, étaient des rassemblemens nombreux. J'aperçus enfin des pelotons jusque sur les hauteurs au - dessus des bois de St - Romain; j'ai appris depuis que tous les villages à 5 à 6 lieues avaient été requis et forcés de prendre les armes; quelle position! J'avais pour résister à ces forces, cent hommes au plus, exténués de fatigue, de faim, de soif, de chaleur, accablés, découragés, étendus par terre, et ne donnant à mes sollicitations qu'une attention proportionnée au peu de forces qui leur restaient. Si nous eussions été attaqués dans ce moment nous périssions tous, et je ne le dissimulái pas à mes malheureux amis. Je les priais, je les menaçais tour-à-tour sans succès ; je leur promis qu'en exécutant strictement mes ordres, je les conduirais au *bois* qui était à un fort quart de lieue de nous ; j'ajoutais que plutôt de me laisser prendre vivant je saurais périr à leurs yeux ; je parvins enfin à les décider, et je les formai en bataille ; hélas ! ce n'était pas le courage qui leur manquait, mais les forces ! J'avais eu le temps d'examiner les différens rassemblemens et leurs mouvemens. Le petit village d'Aucy était sur ma gauche. Il était même abandonné des enfans et des femmes ; j'y dirigeai ma marche, et je le traversai sans obstacle.

Après avoir reconnu le terrein de ce village au bois, je me décidai à longer des haies et des chemins difficiles, qui me promettaient une défense plus aisée contre la cavalerie, que je jugeai bien devoir chercher à me couper le chemin du bois : je n'eus pas fait 2 ou 300 pas que je la rencontrai ; elle était en bataille dans une petite plaine que je devais traverser pour arriver au bois. Je n'hésitai pas de la charger.

Je forme à l'instant ma troupe en bataille et je marche sur la cavalerie, ce mouvement l'étonne, elle tire quelques coups de carabine, je défends d'y répondre, j'arrive toujours, elle se rompt, elle se disperse, j'arrive au bois.

Et ainsi le Lyonnais couronna par l'action la plus intrépide la gloire dont il s'était déjà couvert pendant le siége ; ainsi tant qu'il conserva un reste de force, il sut en imposer à son ennemi ; mais ce dernier effort les avait entièrement épuisés, et je touche au moment le plus affreux de ma vie. Arrivé au bois, je voulais faire halte ; je m'étais arrêté derrière un ravin d'où je pouvais me défendre et gagner du temps pour prendre du repos, mais mes compagnons ne voyaient de salut que sur les hau-

teurs, et voulurent les gagner ; il fallut céder à leur dé-
sir : je quittai cependant le poste à regret, et j'en eus
d'autant plus que cette précipitation me fit perdre beaucoup d'hommes, qui tombant de lassitude, se brûlèrent
la cervelle, pour ne pas tomber au pouvoir d'un ennemi
féroce qui lui aurait fait subir mille morts.

Je me trouvai bientôt à cent pas d'un terrein sans bois ;
M. *Restier* forma quelques hommes pour charger, mais
nous y arrivâmes sans obstacles, et je m'y arrêtai pour
donner à tout le monde le temps de me rejoindre :
que pouvais-je espérer de faire, et comment opérer avec
80 hommes ? car tout ce qui me restait, exténué, acca-
blé, ne pouvant plus faire un pas, que pouvais-je contre
les forces qui nous entouraient ? Je ne crois pas exagérer
en portant au-delà de 20,000 hommes les différens rassemblemens qui nous entouraient de plus en plus : ils
n'osaient cependant pas attaquer de vive force les Lyonnais qui leur en imposaient jusque dans l'état où ils
étaient, car tous ceux qui pouvaient se tenir debout se
tenaient formés par petits postes, tiraient sur l'ennemi,
et l'arrêtaient ainsi par l'idée qu'ils avaient su lui donner
de leur courage. Des hussards débouchèrent dans le bas
du bois, j'empêchai de faire feu sur eux ; ils étaient avec
des paysans qui nous criaient : Rendez-vous, il ne vous
sera pas fait de mal. M. *Restier* parla à l'un d'eux qu'il
vit sans armes, lui promit 24 francs s'il voulait lui ap-
porter une cruche de vin ; le paysan y consentit...

Tout était perdu, je n'en pouvais douter ; j'éprouvai cependant un mouvement de jouissance dans cette terrible
position ; cette jouissance, il est vrai, déchira plus douloureusement mon ame que la plus affreuse souffrance,
mais je recevais la dernière preuve de l'amour des Lyonnais : M. *Restier*, M. *Smith*, plusieurs autres, tous m'engagèrent, me supplièrent de me séparer ; ils ajoutent
pour me décider qu'ils ne peuvent capituler, si je suis

avec eux; je ne puis résister à de telles instances : le jeune *Audras* surtout, cet excellent jeune homme me priait les larmes aux yeux, me serrait les mains, m'offrait tout ce qu'il avait. J'ai peu vu autant de candeur, de valeur et de sensibilité réunies. J'allais encore placer quelques postés lorsque M. *Smith* venant à moi, me dit : Il n'y a pas un moment à perdre . . . .
. . . .

Je dois la vie à cet avis ; je me décidai enfin, et je me jetai dans le bois à 15 pas au plus de mes postes ; je vis bientôt revenir M. *Smith*, il me dit qu'il y avait encore quelque espoir de capituler, et je lui fis promettre de venir me joindre avec MM. *Restier* et *Audras* : il me laissa son manteau et sa petite provision de chocolat.

Un quart d'heure après, j'appris que, sous prétexte de fraterniser, moyen odieux toujours employé par ces scélérats, et afin de faciliter leur approchement, des hussards escortaient la cruche de vin demandée par M. *Restier* : d'autres hussards et des dragons s'en emparèrent : en même temps les gardes nationales s'avancèrent de tous côtés. A la fin ils étaient au milieu des Lyonnais incapables de soupçonner une si lâche perfidie, ils parlementaient avec eux et se fiaient aux promesses faites par les paysans, lorsque tout-à-coup ces dragons et hussards s'écrient : tue, tue, tue, les chargent, les assassinent. J'entends le cliquetis déchirant des armes, de quelques-uns qui se défendaient encore ; j'entends une voix appeler capitaine *Antoine* : un mouvement irrésistible me fait lever ; je cours à mes malheureux amis, lorsqu'un paysan tombe sur moi, m'appuie son fusil sur la poitrine ; j'écarte rapidement son arme, je lui présente un pistolet, je le menace s'il appelle, s'il crie, s'il ne me quitte pas ; il hésite, je fais un mouvement de tirer, il se sauve.

Mais déjà c'en était fait des malheureux Lyonnais, ils avaient succombé, je ne pouvais plus les secourir.

Je m'enfonce aussitôt dans le bois, laissant mon manteau, mon épée et tout ce que m'avait laissé M. *Smith* j'arrive dans un fond, je marche sur mes mains pour le passer. Deux hommes me crient : général on vous voit. Je leur fais signe de ne pas crier, je gravis la hauteur, marchant toujours sur mes mains, et je me trouve dans un jeune taillis très-épais.

J'avais vu le bois entouré, je craignais de tomber dans quelques pelotons de paysans, ou d'être aperçu en continuant à marcher, je me décidai à marcher dans le taillis; il était à 300 pas du dernier combat. Je n'entendais plus que ces cris : *rendez-vous Lyonnais, rendez-vous muscadins*, quelques coups de fusil, et les plaintes déchirantes des malheureux qui étaient dépouillés, mutilés.

Il était 5 heures et demie, les paysans se répandirent dans le bois; il en passa deux à côté de moi, ils ne m'aperçurent pas; la nuit vint et me fit espérer que, contens d'avoir pillé, emmenés leurs victimes, ils se retireraient enfin. Je résolus de passer la nuit dans le taillis, et de n'en sortir qu'à la pointe du jour pour reconnaître le pays et sortir du bois.

Ainsi, je me trouvai seul livré à mes réflexions; il était à peu près deux heures de nuit, que j'aperçus deux hommes venir à moi; je les reconnus bientôt, ils étaient des miens, ils avaient sû s'échapper, ils m'avaient vu, ils cherchaient à me trouver, l'un d'eux connaissait le pays.

Comment n'aurais-je pas reconnu l'effet de la divine Providence? je le sentis dans mon ame; je rendis grâces à la main qui daignait me protéger, et je m'abandonnai avec confiance à ses heureux soins. Peut-être, me dis-je à moi-même, me réserve-t-elle à être l'instrument de ses desseins, lorsque confondant enfin le crime et ses fauteurs, elle fera rentrer dans sa grâce la France assez punie.

Je dois couvrir du secret le plus profond tout ce qui est relatif à ma longue marche, à ma direction sur différens points, et aux personnes vertueuses qui m'ont secouru;

nommer, donner seulement des indices, ce serait
attirer sur leurs têtes la vengeance des monstres qui pu-
nissent la vertu, et n'honorent que le crime; cette con-
sidération m'a souvent arrêté dans le cours de ce récit;
que de Lyonnais dont je vous aurais fait connaître les
noms et les traits héroïques! je n'ai hasardé que ceux des
infortunés que je crois avoir péri.

Pendant 9 jours entiers, je courus à chaque instant
le danger d'être pris avec mes deux camarades; cou-
chés pendant le jour dans les bois, nous n'osions marcher que la nuit, allant presque au hasard, et évitant
les chemins et les maisons. Nous avons souvent entendu
passer près de nous de ces féroces paysans qui allaient
à la chasse des Lyonnais; souvent nous avons entendu les
cris de ceux qu'ils découvraient, et le bruit du coup qui
les assassinait.

Nous souffrîmes encore l'horreur de la faim et de la
soif, réduits au sort de ces animaux redoutés, qui, affa-
més, vont chercher leur proie dans l'épaisseur des ténèbres; nous fûmes obligés d'errer pendant la nuit, pour
découvrir des alimens mal sains; une nuit entr'autres
nous tombâmes dans un champ de navets, et en fîmes
un avide repas; réduits ensuite à chercher une source,
un ruisseau, nous n'en trouvions pas toujours pour ap-
paiser notre soif.

Enfin, après neuf jours passés dans ces angoisses, j'ai
trouvé un asile et des vertus; j'ai pu me reposer sous un
toit hospitalier.

Le peuple français est bon; je m'en suis convaincu:
son erreur est le fruit de sa candeur, de sa bonne foi,
c'est le crime de ses tyrans.

Voilà le récit que vous m'avez demandé, mon ami; je
puis avoir fait des oublis, je ne puis pas savoir tout; je
suis isolé, je n'ai rien appris, mais tout ce que je vous ai
dit est vrai; il me reste peut-être encore des témoins;
tous les Lyonnais qui m'auront suivis n'auront peut-être

pas péri sous le fer des assassins ! un bien [...] [...] me reste encore dans le moment où nous sommes ! je [...] le sort des malheureux habitans de cette ville, pour laquelle je sacrifierais encore ma vie : ce triste souvenir me poursuivra partout ; j'ai perdu mes amis, mes parens, je manquerais des choses les plus nécessaires à la vie, si je n'avais trouvé des ames sensibles et généreuses. Je croyais périr un des premiers ; j'avais prêté à mes amis, j'avais donné le reste à mon vertueux domestique, hélas ! il a été pris, les monstres l'ont fait fusiller, son crime était de m'avoir été fidèle, d'être resté à mon service.

Adieu, mon ami, soyez prudent ; songez bien que ce manuscrit nous perdrait infailliblement, s'il tombait dans les mains de nos ennemis. Je pourrai vous envoyer bientôt l'Histoire du Siége de Lyon, mais ce sera pour vous seul. Je voudrais faire connaître les Lyonnais à tout l'univers ! je ne le puis que sous le règne de l'ordre et de la justice : ce temps reviendra-t-il !!!!

On rapporte qu'après la sortie, trois commissaires révolutionnaires se présentèrent chez le sieur Genet, chapelier, pour le saisir. Celui-ci avait servi avec intrépidité comme sapeur dans l'armée lyonnaise ; c'était un vrai Hercule ; il avait plus d'une fois apporté à Lyon 4 ou 5 ennemis qu'il avait enlevé dans leurs rangs. Avant le siége, il avait emporté sur ses épaules à l'Hôtel-de-Ville, un soi disant Hercule du midi : MM. les échevins, je vous apporte, dit-il, un polichinel pour le mettre aux arrêts ; car j'ai pitié de lui, et j'obéis à vos ordres. Eh bien ! ce même Genet se laissa intimider par ces trois brigands, qui voulurent l'arrêter au nom de la loi. Sa femme indignée s'avance, et lui rappelle à voix basse sa force et son courage : comment ! toi qui te battis contre 8, tu te laisserais emmener par ces trois champions. — Tu as raison : Citoyens, asseyez-vous ; sers leur à boire, ma femme ; à l'instant il passe à la cuisine, se munit de bonnes cordes, revient, boit un coup avec eux : — Eh bien ! Messieurs, à votre tour vous êtes mes prisonniers. Aussitôt il les attacha tous trois, et pour les em-pêcher de crier, il les baillonna avec des mouchoirs ; en vain, on lui demanda pardon ; le soir arriva, et il emporta en Saône ce BALLOT. Le lendemain, il quitta Lyon avec sa femme, et se retira en Suisse où il est mort naguère dans un âge avancé.

LYON, IMP. DE BRUNET.

www.ingramcontent.com/pod-product-compliance
Lightning Source LLC
LaVergne TN
LVHW020208030726
842520LV00003B/941